인간보다
위대한 존재는 없다!

인간보다 위대한 존재는 없다!

There is no Being greater, then human Being!

최정일 지음

좋은땅

| 서문 |

《당신도 신입니다》 (2004년)

《지구별 졸업여행》 (2005년)

위 두 제목의 책을 편집, 발행한 후 2009년에 다시 한 권의 책을 펴내려고 준비를 하다가 잊고 지낸 지 오래되었습니다.

최근 전생 관련 지식을 많은 주변 분들이 알지 못하고 있는 상황을 안타깝게 생각하여… 제가 알고 있는 저의 전생 관련 이야기를 책으로 편집하여 공유할 필요가 있다고 판단하여 글을 쓰기 시작한 후, 2009년에 작성되었던 원고와 함께 다시 한 권의 책을 발행하기로 하였습니다.

모든 사람은 자신이 스스로 알든 모르든 특별한 목적을 가지고 이곳 지구에 왔습니다. 저는 제가 이곳에 존재하는 이유와 목적을 나름대로 알게 되었고, 지금 세 번째로 글을 쓰고 있습니다.

책의 제목은 "인간보다 위대한 존재는 없다"로 정하였는데, 그 이유는 제가 알고 있는 문장 중에서 현재 가장 중요한 내용 중의 하나이기 때문입니다.

이 제목은 상승마스터그룹의 대표인 아다무스가 2024년 7월 6일 크림슨서클 정기 채널링 시간의 주제로 사용한 문장인데(https://cafe.naver.com/shaumbraschool/33706) 24년간 지속되어 온 매월 1회의 정기 채널링 과정에 있어서… 중요한 결론의 하나라고 볼 수 있기에, 그것을 함께 나누고 싶었습니다.

인간이 가장 위대한 존재인 이유는 존재하는 모든 영역의 대표자로서 지구에 육화한 영혼인 인간이, 지구에서 이루어야 할 장대한 우주적 과제를 지금 이 시기에 성공적으로 성취했기 때문이며, 대표자로 왔다는 것은 모든 그룹의 첫째가는 유능한 존재였기 때문입니다

제가 책을 쓰게 된 것은, 저에게 가장 큰 의문과 과제였던 "내가 누구인가? 왜 이곳에 존재하는가?"에 관련하여 제가 찾고 결론 낸 것에 대하여… 다른 분들도 같은 의문을 가지고 있을 것으로 생각했기 때문입니다.

산의 정상에 오르는 길과 방법은 무수히 많습니다. 그 길은 모든 인류의 수만큼 많다고 하여도 틀린 말이 아닐 것입니다. 이 글을 보시는 분들 역시, 지금 어떤 지점에 있는가?에 관계없이 같은 길을 가고 있다고 생각하고 있고, 그러한 이유에서 저의 전생 관련한 내용과 제 여정의 일면이 약간의 참고 자료가 되리라 봅니다.

온전한 자유를 누리기까지 우리의 여정은 계속될 것이며, 그것은 끝이 없이 영원히 계속되는 창조의 과정이라 느끼고 있습니다.

지금은 우리가 함께 구하고 이루려 한 목적이 성취되는 특별한 때입니다. 이 특별한 시기에 모두 함께 온전한 자유와 평화, 기쁨을 찾아 누리고 계속되는 창조의 세계에 동참하시기를 기원합니다.

2025. 2. 8. 崔正一 드림.

목차

나의 전생 이야기

지구별 졸업여행 2. [2009.12.]

나의 전생 이야기

| 인사말 |

인간은 윤회를 통한 반복되는 삶의 체험을 통하여 영적인 지혜와 경험을 넓혀 나갑니다.

전생(前生)과 윤회(輪廻)의 개념은 동양에서는 오래전부터 중요한 진실로서 인정되어 온 것이고, 서양에서도 예수가 살던 시기에는 있었던 개념이나 AD 325년 그리스도교의 신앙선언서인 니케아 신조(信條, Nicene Creed)에서 윤회를 부정한 이후에 서양에서는 주로 부정되어 온 개념입니다.

전생과 윤회가 인간 삶의 중요한 원리(原理)라는 것을 알고 이해할 때, 죽음은 끝이 아니라 다시 새로운 체험과 휴식을 위해 귀향하는 전환점일 뿐이며, 전쟁터(학교)에서 온갖 다양한 체험을 겪은 후 귀가하는 병사의 행복한 순간이 될 수 있습니다.

그런데 예수의 가르침이 왜곡되어 종교화되고, 성직자들의 권력과 지위를 높이는 과정에서 천당과 지옥을 가르는 1회성 게임이 된 것입니다.

제가 활동하던 주변에 전생을 기억하는 지인들이 많았고, 또 저 자신의 신기한 체험을 통하여… 느끼고 알게 된 여러 가지의 전생 이야기를 가지게 되었고, 그것이 온전히 정확한 사실이라는 것을 입증할 수 있는 수단이나 방법이 공인되고 있는 것은 아니지만…

제가 기록해 보는 것은, 그러한 패턴으로 인간의 삶이 이어져 간다는 것이 중요한 진실이라고 제가 알고 있기 때문입니다.

따라서 저의 전생 이야기는 그 내용의 진실 여부에는 큰 중요성이 있는 것은 아니고, 그와 같은 방식으로 모든 사람들의 삶이 반복된다는 것을 이해하는 데… 작은 도움이라도 되기를 바라기에… 이야기를 시작합니다.

2025. 3. 崔正一 드림

1.
항일독립투쟁 시기의 최춘국

재미있는 이야기가 될 것 같아 몇 자 적습니다.

제 체험이 참고할 만한 내용이 되리라 생각됩니다.

전생 윤회는 동양에서는 기본 상식으로 알려져 있습니다.

제가 자칭 영성그룹이라는 영역에서 활동하다 보니, 특이하게 전생을 기억하는 분들을 만날 수 있는 기회가 많은 편이었습니다.

아마도 제가 들었던 제 전생 관련 이야기와 스스로 느끼거나 알게 된 것이 10가지 정도는 됩니다. 그중에 제가 처음으로 스스로 체험적인 과정을 통해 알게 된 것 한 가지를 꺼내 볼까 합니다.

박근혜가 북한 관련 정보를 많이 다루던 사이트 등을 차단하기 시작하던 때, 어느 한 곳에서 김일성 주석의 전기 《세기와 더불어》 전 8권의 내용을 볼 수 있는 곳이 있었습니다.

그곳을 통해 그 8권을 모두 볼 수 있었는데…

그 후 아마도 10여 년 전, 마산에서 대화가 통하는 도반(道伴) 4-5명이 함께 저녁식사를 하게 된 때가 있었습니다.

갑자기 어떤 생각이 머리에서 떠올랐고, 그 순간 온몸에 전류가 흐르는 듯한 느낌이 지나갔습니다.

"최춘국이 내 전생 같은데?!!…"

원래 사람은 대부분 전생을 기억하지 못하지만, 세포는 그 기억을 간직하고 있다 합니다.

최춘국은 17-18세경 함경도에 은밀히 내려와 독립군을 모집하는 모임에 참석하였다가, 즉시로 항일 투쟁에 참여하여 해방될 때까지 백전백승이라 할 정도로 잘 싸운 맹장이었다고 하며…

6.25 전쟁 시 인민군 12사단 사단장으로 강원도 지역을 일사천리로 내려와 안동 전투 시 최전선에 너무 근접하여 지휘하던 중 부상을 입어 전사한 장군이었다 합니다.

전사한 날이 1950년 7월 30일.

제가 환생한 날은 약 45일 후인 9월 14일.

남한 육사 8기생인 아버지 집안으로 돌아왔습니다.

전생 윤회의 한 케이스로 볼 수 있는데

전생 윤회에 대한 지식과 앎이 중요한 것은…

그것을 알게 되므로 우리의 삶이 1회성으로 천국이나 지옥으로 돌아간다는 뺑이 아니라…

우리는 영원히 죽음을 모르는 영혼이라는 앎을 통해 죽음의 두려움으로부터 완전한 해방과 자유를 얻게 된다는 것에 있습니다.

오늘 이런 사연을 말하게 되는 것이 우연이 아닌 필연인 인연이 작용한 것이라 생각합니다.

최춘국 전기는 꽤 재미있는데

유튜브에서 동영상으로 검색이 되더군요(현재는 사라졌음).

한가한 시간에 보셔도 좋을 듯…

(추신 : 제 이름이 정일로 정해진 것도, 자신의 이름은 각자 스스로 정하여 태어날 부모에게 텔레파시나 어떤 다른 경로를 통하여 전달하여 정한다고 알려져 있는 것을 감안하면, 북의 김정일과 한자는 다르나 발음은 같은 것도…

무언의 신호와 같은 것이 아니었나?! 생각되기도 합니다.)

2.
이집트 람세스 왕 시절의 지역 총독이며 건축 감독

1990년대 초반, 어느 날 잘 아는 선배 사무실에 들렀다가, 다른 손님이 오신다기에… 나오다 마주친 남녀 두 사람.

여자 분의 얼굴이 특별히 인상적이어서… 평생에 없던 일을 하게 되었습니다.

"선배님! 지금 저녁시간이 되었으니 칼국수나 같이 드시지 않겠습니까?"

전화로 연락했더니… 당연히 세 분이 함께 나왔습니다.

저녁을 함께하며 파악하니…

남자는 이대 앞 라이브 카페의 사장이고, 여자는 고객… 그러나 특별한 남녀 관계는 아니었고, 남자는 가정도 가지고 있었습니다.

일주일 후 이대 앞 카페에 들러 사장님을 만나, 함께 왔던 여자 분을 호출하여 다시 만나게 되었고…

몇 달 후, 친구가 된 여인과 함께 청평에 산다는 지인, 시집을 내기도 했던 최○○이란 분을 찾아가게 되었습니다.

그곳에서 듣게 된 이야기는
최모 시인은 전생이 람세스 왕.
여인은 그의 딸
나는 그녀의 남편이며 지역 총독이면서 건축 감독이었다는 이야기.

그때는 그럴 수도 있겠다는 정도로 재미있게 들었는데…
그 이야기가 사실일 수 있겠다는 이유는… 제 전공이 역사학이었고, 건축 관련 하여서는 교과서 한 권도 보지 않았던 상황에서 대학 졸업 후 가졌던 첫 직장이 냉난방 위생 설비를 하던 건축 회사였고, 그곳에서 자재 담당 역할을 하며…

사우디아라비아에서 건축일로 1년을 보낸 후 우리 집을 직접 시공했고, 그 후 아무런 기초 지식 없이 주문 주택 시공업을 시작하여, 전국을 상대로 전원주택 70여 건을 계약하고
시공했던 일을 되돌아보면서…
이집트 전생에 대한 이야기에 긍정적인 공감을 하게 되었습니다.

그 여인과는 이번 생에 적절한 남녀 관계는 아니라는 느낌이어서

그 후 10여 년 친구, 형제와 같은 관계로 알고 지내다…

그 여인이 일본인과 결혼한 후 여러 해 소식이 끊겼다가…

제가 세계일주를 끝낸 후에 다시 연결되어… 지금은 서로 좋은 자료들을 카톡으로 주고받으며 지내고 있습니다.

제가 전생을 기억하는 도반들을 통해 듣거나, 스스로 느끼거나 신기한 일들을 겪으며 알게 되고, 수호천사와 소통하는 지인을 통해 확인해본 저의 전생은 대략 10가지 정도 됩니다.

그리고 현재 진행 중인 지구의 에너지 레벨이 급상승하는 결과로… 많은 인류가 점진적으로 자신의 전생에 대한 기억을 회복하게 된다는 정보를 감안하면…

제 역할 중의 하나가 저의 경험을 주변 분들과 나누는 것이라고 현재 생각하고 있으며…

그러한 이유로 이러한 글을 쓰고 있습니다. ^^

3.
중세 유럽의 실크로드 상인

대략 1990년대 중반 대략 7명 정도의 지인이 추석 연휴에 함께 모인 자리가 있었습니다.

모였던 곳은 서울대 철학과를 나와 여러 영성 관련 서적을 번역했던 분의 집이었습니다.

참석한 분 중의 한 분은 정신세계원의 한 모임에서 알게 되어 친하게 지내던 1년 위 연배인 여성 한 분,

그리고 처음 보는 목사님으로 알려진 네 분으로 기억됩니다.

그곳에서 듣게 된 전생 이야기…

저는 그 당시 동서양을 오가며 동양의 귀한 자료 등을 비밀리에 가져와 전달하던, 겉으로는 왕실에 동양의 향수 등을 납품하던 실크로드 상인.

철학과를 나온 분은 그러한 자료를 번역하여 은밀하게 배포하던 그 시대의 연금술사.

여인은 당시 왕국을 지배하던 여 대제.

네 분의 목사님은 여 대제를 호위하던 기사였다고 합니다.

당시는 교황청의 세력이 막강한 시절이라,

그러한 행위가 드러나게 되어 목숨이 위태롭게 된 연금술사를 여대제의 지시의 따라, 은밀한 성으로 피신케 하여 생명을 구한 기사들이 그날 참석한 목사님들.

이러한 이야기와 관계되는 이번 생의 제 경험이 있었습니다.

제가 1980년대 초 사우디아라비아 담맘에서 1년간 그곳 군 장성의 빌라를 여러 채 짓는 현장에서 일을 했었습니다.

그리고 지금 가지고 있는 그때의 기억 중에 거의 유일하게 남아 있는 기억이, 섭씨 50도를 넘어가는 뜨거운 사막 지형에서도 광활한 사막을 바라볼 때면 가슴이 열리는 듯한 후련한 느낌! 그것이었는데…

지금도 그때를 회상할 때면 닫혔던 가슴이 열리는 느낌을 받고 있습니다.

또한 그 여인 분은 보통의 남자보다도 더욱 통이 크고 활달한 분으로 제가 느끼고 있었고, UFO에 대하여도 특별한 관심과 신뢰를 가지고 있었기에…

전생에 여 대제의 전생이 있었다고 충분히 유추해 볼 수 있다고 생각하고 있으며, 그 후 지금까지도 친밀한 도반의 인연을 이어 가고 있습니다.

그러한 이유로 저는 전생에 넓은 사막 지대를 오가던 시절이 있었을 것으로 느끼며, 그 전생에 대한 이야기를 사실에 부합하는 것으로 생각하고 있습니다.

4.

23대 단군 아홀

23이란 수는 수비학적으로 새로운 시작, 또는 새로운 출발을 상징하는 수로 알고 있었고, 이상하게도 나는 23수에 특별한 관심을 가지고 있었습니다.

일례로 내가 영성그룹의 정기적 모임에 타고 다니던 차의 번호가 수비학으로 23이었던 것을 기억하고 있었으며, 지방에 몇 년간 머물고 있었을 때, 서울로 오갈 때 주로 이용하는 국도의 번호도 23이었던 것을 무슨 인연처럼 생각하기도 했습니다.

2018년 7월 1년간의 세계일주를 끝낸 몇 달 후 우연히 천안 인근의 47대 단군의 역사적 기록을 각각 큰 비석으로 설치하여 놓은 장소를 방문할 기회가 있었기에…

자연스럽게 23대 단군의 비석이 설치된 곳을 우선적으로 찾아가 살펴보았습니다.

그런데 놀라운 사실을 발견했습니다.

그곳에 기록된 23대 단군 아홀의 즉위 연도와, 업적 중의 특별한 기록으로 새겨진 2개의 해가, 내가 오래전부터 사용하고 있었던 비밀번호와 정확히 일치하는 것이 아니겠습니까??…

나는 가끔씩이라도 단군의 영정 그림을 살펴볼 기회가 있었고, 그것을 볼 때마다 나와 조금 닮은 것 같다는 생각을 한 것이 여러 번 있었으며,

다른 이들이 대부분 경건한 자세로 대하였으나…

내 경우는 가까운 지인을 만난 듯… 엄숙하게 머리가 숙여지는 느낌이 별로 들지 않아서… 혹시 내 전생에 단군이 있지 않을까? 하는 생각을 평소에 해 본 편이라…

기록된 2개의 해가 신기하게도 모두 일치한 것과

기록된 업적이 나의 다른 전생과도 연결점(전쟁)이 있는 영토 확장과 관련된 것이어서, 우연이 아닐 수도 있겠다고 생각하게 되었으며…

그 후로는 내 전생 중에 23대 단군이 있을 수 있을 것이라는 생각을 하고 있습니다.

제가 살아오면서 우연한 기회에 스쳐가는 듯 듣게 된 전생 이야기나

묻지도 않았는데, 나에게 던져진 이야기들은 적절한 때가 되어서 영적 차원에서 전달되는 것이라는 느낌을 가지고 있습니다.

어떤 경우는 궁금하여 물어보았는데… 확실한 답변이 주어지지 않을 때도 있는데, 그것 역시 때가 아니면 확인되지 않는 것으로 생각하고 있습니다.

5.

미국(미국과 영국, 바티칸 교황청이 함께 엮이는 이야기)

2011년 3월 미국 뉴욕에서 딸의 결혼식이 있었습니다.

결혼식을 잘 끝내고, 오랜만에 미국에 온 차에 미국 횡단 일주 여행을 하기 위해 2주간 렌터카를 빌렸습니다.

일행은 미국 여행을 목적으로 한국에서 같이 왔던 동갑내기(당시 국민참여당 서대문지역위원회 운영위원) 부부.
그리고 나 3인이 동행하였습니다.

원래 동행했던 주○○ 사장님과 운전을 교대로 하기로 예정을 했었고… 출발한 첫날 국제 면허증까지 가지고 오신 주사장님께 핸들을 맡겨 보았는데…
이건 완전히 10년 이상 묵은 장롱 면허증, 차와 몸이 따로 놀아서 즉시 멈추고, 운전은 내가 전담하기로 하고, 취사는 식당을 운영하고 계셨던 두 분이 하시기로 하였습니다.

첫날 출발하면서 애틀랜타에 살고 있는 남동생 부부에게 다음 날 도착한다고 연락했는데…

막상 가면서 체크해 보니 1600km의 거리.

그러나 약속은 지키려고 차에서 눈을 붙이며 기를 쓰고 달려서 다음 날 오후 8시경 무사히 도착했고,

하룻밤을 그곳에서 지내고는 곧바로 다시 출발하여, 미국의 최남단 키웨스트로 향했습니다.

그런데 이상한 것이 둘째 날인가? 셋째 날부터 가슴속 깊은 곳으로부터 솟아나는 선명한 내면의 소리가 있었습니다.

“내가 왔다! 미국 접수한다!” 이게 무슨 소리인가??

그 당시 이미 미국이 전 세계를 전쟁으로 몰아가는 실제적인 악의 축의 역할을 하고 있다는 것을 알고 있었고, 또한 민간 사기업인 FRB가 달러 발행권을 장악하여, 전 세계의 인류를 노예 상태로 지배하고 있다는 것을 알고 있었기에…

더 이상 못된 짓을 하지 못하도록 기운을 회수하여 간다는 이야기 아닌가??!!

그 당시에도 북과 미국은 핵 대결로 맞짱을 뜨고 있는 상황이었고, 내가 접하고 있던 국제 정세로는, 북이 미국을 이길 수도 있는 정도의 수준에 도달해 있었다고 알고 있었기에…

군사력이나 주먹싸움으로는 북이 맡고, 영적인 싸움에서는 남쪽인 우리가 맡는다??

그렇게밖에 생각할 수 없었습니다.

그러나 내면으로부터 솟아오르는 소리는 그침이 없이 계속 반복하여 올라왔고, 그 소리는 나름 큰 의미와 귀중한 내용이었기에…

2주간의 여행을 하는 동안 계속 반복하여 자연을 대상으로 선언하듯 대화를 나누었습니다.

여행은 키웨스트에서 해수욕을 한 후 미국 남단을 횡단하여 LA, 라스베이거스, 그랜드 캐니언, 미국의 역대 유명한 4명의 대통령 흉상이 조각되어 있던 러시모아산, 시카고, 워싱턴 등을 지나서 출발지였던 뉴욕으로 돌아왔습니다.

돌아와서 차를 반납하니 출발할 때와 반납할 때의 주행기록표를 받았는데…

출발 시 5마일, 반납할 때 **8181**마일. (8181×1.6 = 13,089km)

그런데 8181은 우리민족의 경전인 천부경의 글자 수 81자의 반복 수인 8181. “어! 이게 무슨 일인가??”

약 13일간 미국 전 대륙을 13,000여 km를 달린 후 차를 반납할 때의 숫자가 **8181.**

이건 예사롭지 않은 일 아닌가?

시작을 완전 새 차로 한 것도 몰랐지만, 81은 천부경의 숫자!

우연의 일치로 보기에는 너무나 신기한 일!

“이것은 우리 조상님들의 응답이 아닐까?”, “맞다! 잘했다!”

그러한 느낌이 강하게 들었고, 시간이 갈수록 그 기억은 더욱 선명히 남았습니다.

한편으로 제가 2000년대 초반 영성그룹의 오프라인 모임이 몇 년간 매월 지속적으로 이어질 때,

샴브라(여정을 같이하는 가족의 뜻) 그룹의 일원이며, 모범적으로 성실한 회원이었던 한 회원님이 자신이 미국 건국 시기 토마스 제퍼슨의 전생이 있었고,

그때 나는 조지 워싱턴으로 함께 활동했다는 이야기를 들었던 적이 있었습니다.

사실 여부를 떠나… 듣기에 좋은 이야기이기도 하여… “그럴 수도 있

겠지!" 정도의 생각을 가지고 있었으며…

그 후로는 조지 워싱턴의 얼굴이 있는 1달러 지폐를 지갑에 가지고 다니며

가끔씩 닮은 면이 있는가? 보기도 하였습니다.

지금 생각해 보면 조지 워싱턴과의 공통점이란

① 머리가 벗겨진 대머리란 것

② 독립 전쟁 초반에는 많은 패배가 있었으나, 결국 최후의 승리를 얻은 것으로 보아, 전쟁에 뛰어난 능력과 끈질김의 장점이 있는 것이… 내 다른 전생의 특징과 유사성이 있다는 것

③ 워싱턴의 부모님이 담배 농장을 운영했다는 것과, 내가 아직도 담배를 좋아한다는 것

그런 정도는 비교해 보았으나… 역시 공인되는 절차가 없는 현실이니…

가능성은 있다고 보고 있고,

조지 워싱턴의 전생이 있다면… 부패하고 추락한 미국의 기운을 접수한다는 이야기가 있을 수 있는 이야기라는 생각을 하게 되었습니다.

그런데 그와 같은 신기한 기적적인 상황을 접하다 보니…

지금까지 전 세계를 전쟁의 비극으로 추락시키고, 인류를 속이고, 노예의 위치로 추락시켜 지배해 온 3대 세력이

① 미국을 1871년 장악하여 국민 주권을 강탈하고, 1913년에는 매수한 정치인들을 이용하여 FRB를 설립한 후
달러 발행의 권리를 가지고 전 인류를 노예 상태로 관리해 온 카자리안 금융가 세력
② 영국 왕실
③ 바티칸 교황청. 3대 세력이란 것을 알고 있었던 입장에서…

미국의 기운을 접수했다는 응답을 받았다고 생각하니…
나머지 영국 왕실과 바티칸 교황청의 기운도 접수하면 좋겠다는 생각을 하게 되었습니다.

그리하여 계획하게 된 것이
영국 왕실과 로마 바티칸의 기운을 접수하기 위한 세계일주 자동차 여행이었으며

2017년 6월부터 2018년 7월까지 약 123,000km, 러시아를 시작으로 중앙아시아, 유럽, 아프리카, 남미, 북미의 5대륙 69개국을 여행하게 되었습니다.

6.
영국

영국과 관련된 전생 이야기를 듣게 된 것은 2023년 가을이었던 것으로 기억됩니다.

제가 20년 정도 알고 지낸 영성그룹 모임에서 만나게 된 지인인 안○○이란 분이 있습니다.

그분은 근년에 이르러 수호천사를 만나게 되고
서로 의사소통을 하는 단계에 있다 하는데…
의문이 있는 일들에 대하여 답변을 얻는 것으로 알고 있었습니다.

그리하여 제가 알고 있는 요양원의 원장님이 자신이 노인 분들을 힘들게 돌보아 드리는 일을 하게 된 것이 궁금하다며 혹시 알아볼 수 있으면 자신의 전생을 알아보아 달라는 부탁을 받게 되었을 때, 수호천사와 소통하고 있다는 지인에게 그 원장님의 전생에 대하여 질문을 하게 되었고,

그것에 대하여 대화를 나누는 중에…

갑자기 제가 질문을 하지도 않았던 상태에서 “아트만님! 전생에 엘리자베스 1세였다 합니다!”라는 이야기를 듣게 되었습니다.

전생에 남성이나 여성의 삶을 다 살아볼 수 있다는 것은 상식으로 알고 있는 것이지만

제 경우는 어느 동양 지역에서 자매로 함께 살았었다는 이야기를

미국에서 귀국했고, 영성 관련 책을 쓰고 발행했던 고○○이란 분으로부터 들어 보았던 때가

오로지 한 번밖에 없었는데…

두 번째로 듣게 된 것이 엘리자베스 1세!

그 이야기를 듣고 떠오르는 생각이

영국 왕실의 기운을 접수한다고 떠났던 세계일주 여행.

엘리자베스 1세는 영국의 국력이 약하던 시기, 25세 때인 1558년 즉위하여 1603년 사망할 때까지

44년간 영국을 통치하며 스페인의 무적함대를 격파하고 영국 역사의 전성기를 열었던

평생 미혼으로 살았던 여왕이라 합니다.

만약 엘리자베스 1세의 전생이 있었다 하면, 오늘날 악의 3대 세력의

하나로 추락한 영국의 기운을 접수한다는 이야기도 일면 일리가 있다는 생각을 할 수 있었습니다.

물론 이 이야기를 해 준 지인의 이야기를 100% 신뢰하고 있는 상태는 아닙니다.

나와는 다른 관점과 이해를 가지고 있는 부분도 있으나…

우리가 살아오면서 만나게 되는 많은 일들이, 우연이 아닌 필연적인 인연을 통하여 알려지게 되는 경우도 적지 않고, 여러 가지의 일들이 적절한 때가 되면, 예상치 않았던 경로를 통하여 전달되는 경우가 있는 것으로 느끼고 있기에… 위의 경우도 가능성이 있을 수 있다고 생각하고 있습니다.

한편 나와의 공통점이 있을까? 하여 살펴본 결과는

① 전쟁과 관련하여 높은 수준의 재능이나 안목을 가졌던 것으로 보인다는 것
② 초상화를 보니 이마가 넓게 그려진 것이… 대머리에 가깝게 보였다는 것.

세계일주 여행 중에 영국에서 있었던 특별히 잊히지 않는 기억은…
런던에서 자동차로 반나절 걸리는 거리에 있는 작은 도시, '글라스톤베

리'에 있는 미카엘 탑에서 있었던 일입니다.

미카엘 탑이 있는 곳은 예수의 어머니 마더 메리의 에너지라인과 미카엘 대천사의 에너지라인이 교차하는 신성한 곳이라 하여 특별히 들러 본 곳인데…

아침 일찍 홀로 탑이 있는 작은 동산으로 올라갔는데…
중년의 남자 한 분이 등산복 차림에, 탑 곁에서 간단한 아침식사를 조리하고 있는 것으로 보였습니다.
반가운 마음에 영국인 같기도 하여… 지구의 3대 악의 축에 대한 이야기를 하게 되었고… 영국 왕실과 미국의 국제금융가그룹 그리고 로마 교황청이 3대 악의 축이라고 제가 강조하였습니다.

그런데 그분의 대답이 놀라웠습니다.
3대 축이 그들 3개국이라는 것을 알고 있는 것도 쉽지 않은 일인데…
"그들이 몰라서 그런 행동을 하는 것이니, 용서해야 한다!"는 것이었습니다.

그런 말을 할 정도면, 보통사람이 아니라 볼 수 있는 것이기에… 저는 지금도 그분이 미카엘 대천사를 대신하여 저를 반겨 환영해 주었던 것으로 짐작하고 있습니다.

7.
로마 바티칸 교황청

바티칸 교황청과 관련 있는 전생 이야기를 듣게 된 것은 2000년대 초기 많은 영성인들이 매월 정기적으로 전국을 순회하며 만날 때였습니다.

어느 날 역시 어떤 모임에서 있었던 일인데…

자세히 알지는 못하지만 몇 번의 모임을 통한 만남이 있어서, 얼굴 정도는 기억하고 있던 여성분이

갑자기 묻지도 않은 상태에서 저에게 성 아우구스티누스의 전생이 있다는 이야기를 하였고,

오래전 이야기라 그 일은 거의 잊고 살아왔습니다.

그런데 작년(2024년 7월) 어떤 카페에서 알게 된 여성분이 어떤 책을 하나 빌려줄 것이 있다 하여 8월달에 만나게 되었는데…

그 책이 고대 로마의 기독교 신학자이자 철학자로 초대 교회 교부(教

父) 중 하나이며, 아우구스티노 수도회의 창설자 성 아우구스티누스의 저작인 고백록과 또 다른 제목의 책이었고,

저의 전생 중의 하나일지도 모른다는 생각에 3-400여 페이지가 되는 책을 2일 만에 모두 읽을 수 있었습니다.

성 아우구스티누스는 서로마제국이 망해 가던 시기인 AD 354년 ~ AD 430년까지 살았던 인물로, 중세의 신학과 개신교회 신학의 토대를 제공했다는 점에서 위대한 신학자라 합니다.

성 아우구스티누스와의 공통점이라 할 수 있는 것은

① 책을 저술할 때 철저하게 진솔한 자세로 글을 썼다는 점에서, 일면 내 성향과 비슷한 공통점이 있다고 느낄 수 있었으며

② 다른 경우와 마찬가지로 대머리로 그려진 초상화라 볼 수 있었습니다.

조지 워싱턴, 엘리자베스 1세, 성 아우구스티누스가 저의 전생일 수도 있다는 생각은 미국 일주 여행 시에 느꼈던 신기한 체험의 결과로 생각하게 되었는데…

그러한 스토리가 진실이냐? 아니냐?의 문제는 크게 중요한 것이 아

니라고 생각합니다. 그것이 일부 사실일 수도 있고, 우연히 엮어지게 된 이야기일 수도 있으나…

내가 그러한 지난 삶에서의 체험을 하나의 스토리로 엮어 보는 주된 목적은 그것의 진실 여부를 떠나서,

그러한 패턴이 전생과 윤회와 관련하여 모든 사람이 겪어 볼 수 있는 삶의 한 측면이라는 것을 일반인들에게 알리고자 하는 것에 있습니다.

그리고 한 가지 더, 잊히지 않는 특이한 경험이 있었습니다.

내면에서 솟아오르는 선명하고 강력한 소리!

8181마일의 북미 대륙에서 여행하던 때에 있었던, 내 안에서 솟아나던 "미국을 접수한다는…" 그때와 똑같은 내면에서 솟아나는 소리가 한 번 더 있었는데…

그것은 자동차 세계일주 여행의 마지막이라 생각하며 향하던 애리조나의 세도나를 향하던 길 위에서였습니다.

"그가 나고! 내가 그다!" 이 소리가 계속 반복적으로 솟아났는데…

이 소리가 그 당시에는 "신神이 나고! 내가 신이다!" 또는

"내가 마스터고! 마스터가 나다!"라고 해석해 볼 수 있었는데…

지금 생각해 보면, 위에서 했던 전생이야기와도 연결해 볼 수도 있겠다는 생각도 해 봅니다.

한편으로 지구를 전쟁으로 파괴하고, 인류가 종교 간, 이념 간, 인종 간, 심각한 빈부의 갈등 속에서, 서로 죽기 살기로 싸우게 하여, 공포와 두려움에 갇힌 인류를 노예 상태로 지배하여 온 3대 어둠의 세력은, 현재 그들의 지배 구조가 많은 인류에게 알려지고, 붕괴되는 마지막 단계에 와 있고

그에 관련한 비밀이 금년(2025년)에 대부분 폭로되고, 진실과 정의가 새로운 지구의 현실이 되어 상상을 초월하는 낙원이 펼쳐질 상황에 가까이 왔으므로…

선량한 대다수의 인류가 함께 기뻐할 수 있는 우주적 축제로 매듭지게 될 것입니다.

8.
로마의 시저

시저와 관련된 전생 이야기를 듣게 된 때는 2000년대 중후반 정도로 기억됩니다.

그 당시 알고 지내던 두 분과 함께 식사를 하게 된 때가 있었습니다.
한 분은 옥천에 사시던 그림을 채널 상태에서 그리던 여성분
다른 한 분은 개업 중인 여성 의사분.

그때 의사이신 분이 저와 다른 여성분을 함께 바라볼 때
로마의 시저와 클레오파트라가 함께 있는 영상으로 겹쳐 보이는데, 시저가 클레오파트라를 사랑스러운 시선으로 바라보고 있었다는 이야기를 하였습니다.

그 말은 제 전생 중에 시저의 전생이 있었다는 이야기로 해석해 볼 수도 있는 것.

클레오파트라로 보였다는 여성분이 날씬한 타입이 아니어서
조금 이상하다는 생각을 해 보기도 하였으나,
그 후로는 시저의 기록에 대하여 유심히 관심을 가지고 관찰하고, 어떤 공통점이 있을까? 생각해 보기도 하였습니다.

첫째로 생각해 본 공통점은 "왔다! 보았다! 이겼다!"로 알려진 유명한 문구.

짧게 글을 쓰는 습관은 저의 글 쓰는 방식과 비슷한 점이 있습니다. 저는 글을 쓸 때, 가능한 한 결론만을 요약해서 짧게 쓰려는 성향이 있다고 스스로 생각하고 있습니다.

그런 점에서 "왔다! 보았다! 이겼다!"라는 표현은 멋진 표현이라는 느낌을 받았습니다.

그 표현은 루비콘 강을 건널 때 했던 말로 알고 있었는데…
최근에 살펴본 바로는 폼페이우스와의 최후 결전의 결과를 원로원에 전한 내용이었습니다.

둘째로 생각해 본 것은 전쟁, 전투의 재능이 탁월했다는 것인데
저의 전생 이야기 중의 많은 부분이 전쟁과 관련이 있고, 주로 이긴

것으로 보면 이 점도 공통점 중의 하나.

이번 생의 어머니와도 서로 대결한 두 왕국의 지배자였고, 제가 이겼다는 이야기를 전생 리딩을 하는 도반이 묻지도 않았는데 적절한 때에 알려 준 사례도 있었습니다.

셋째로 최근 떠오른 생각은 제가 23수에 큰 관심을 가졌던 것에 비추어

시저가 암살당할 시 23번 칼에 찔렸다는 이야기인데…

그런 연유인지 저는 많은 경우에 의심을 하는 성향이 강하다는 생각을 스스로 하고 있다는 것도

관련이 있을 수 있겠다는 생각도 해 봅니다.

넷째로 시저 역시 대머리 타입이었다는 것이 흉상 등에 남아 있고,

지배자로 군림하는 것보다는 평민의 편에 서고, 배려했던 것도 비슷한 성향으로 보입니다.

시저의 삶을 살펴보면서 되돌아보게 되는 것이…

얼마나 많은 사람들을 야만인이라는 생각으로… 권력을 장악하려는 경쟁심과 지배욕에 의해,

또는 재화와 영토에 대한 욕망을 충족하려는 이기심으로… 서로 싸

워 무참히 살해하였는가? 하는 것입니다.

지난 역사를 살펴보면 끊임없는 전쟁과 대립의 반복이었습니다.

그 원인은 탐욕과 무의식 상태의 생존본능이 가장 큰 원인일 수 있으나, 이제는 충분히 많은 학습 과정을 통하여 쌓여 온 경험과 지혜가 있고, 서로 간의 동질성을 이해할 수 있는 의식 수준의 성장이 있었으니…

서로 용서하고 화해하여 모든 생명이 하나의 뿌리를 공유하고 있다는 것을 알아서

지상 낙원을 이루어야 할 때가 왔다고 봅니다.

지구별 졸업여행 2. [2009. 12.]

| 인사말 |

2024년 9월 지난 시절 출간했던 책 2권을 요약, 정리하고
이어서 무언가? 하고 싶은 이야기를 정리하고 싶다는 생각이 일어나
시작하고 보니 정리가 아니라 있는 그대로를 알리는 것이 좋겠다는 생각에서 《당신도 신입니다》, 《지구별 졸업여행》을 인터넷 글 자료로 정리하여, 지난 추석에 지인들에게 선물로 주었습니다.

그 과정에서 다시 살펴보니 2009년에 《지구별 졸업여행》의 후속편을 쓰기 시작한 것을 발견하게 되었습니다.
어쩌다 지금까지 그것을 잊고 지냈는지는 알 수 없으나…
아마도 지금 시점에 매듭을 지어야 할 필요가 있었던 듯
하고…
마침 저의 전생이야기를 책으로 정리하는 내용과 함께 1권의 책으로 엮는 것이 적절하다고 판단했습니다.

2025. 3월. 崔正一

이번 생! 50여 년 동안 꿈에도 책을 쓴다는 생각을 가져 보지 않았던 사람이…

다시 펜을 들게 되었습니다.

"내가 누구인가?!"

"神은 있는가?"

"사후(死後)에 또 다른 삶은 있는가?!"에 대하여

18세 청소년 시기에 진지한 의문을 가졌고, 어느 누구도 만족할 만한 답을 주지 못하였기에

스스로 그 답을 찾겠다고 결심하고 살아왔던 40여 년…

드디어 무언가 가슴을 울리는 답을 찾았다는 기쁨 속에서, 많은 사람들과 그 기쁨을 나누기 위해 2004년과 2005년 펜을 든 후

지금 2009년 5월 5일. 무언가 남아 있던! 언젠가 다시 한번 글을 쓰게 되리라는 예감과 함께 가지고 왔던 것을 나누기 위하여 펜을 들었습니다.

'옷깃만 스쳐도 인연'이란 속담이 있습니다.

지금 이 책을 접하시는 분들과 저는 분명 큰 인연으로 만났습니다.

그리고 저는 70억에 달하는 현재의 지구 인류 모든 분들과 조금도 다르지 않은 평범한 사람입니다.

그러나 작은 모래알 하나, 작은 풀 하나 하나가 어우러져 우리가 보고 느낄 수 있는 장대한 우주를 이루고 있다는 것을 감안할 때, 모든 사람은 각각 독특한 개성을 가지고 무한한 우주를 구성하는 장엄하고 고귀한 생명입니다.

우리 모든 사람은 고통과 두려움을 좋아하지 않으며
삶의 모든 순간이 기쁨과 행복함으로 충만하기를 원합니다.

저 역시 한 인간으로서 기쁨과 평화 가득한 삶을 찾아왔으며, 저 자신이 모든 인류와 더불어 존재하는 모든 것과 분리될 수 없는 하나의 세계를 이루는 가족이라는 생각을 가지고 있기에… 저에게 가장 무거운 짐이었으며, 또한 모든 사람에게 가장 큰 삶의 신비이며 난제일 수 있는 문제에 대하여…

지금 제가 가지고 있는 확고한 앎과 기쁨을 함께 이야기하고 서로 나누기 위해서 이 자리에 앉았습니다.

오늘날 인류 대부분은 각각 개인이 태어난 지역과 문화권에 따라 다양한 종교관과 내세관을 가지고 있습니다. 그리고 모든 인류사(人類史)를 통해 끊임없이 반복된 전쟁의 주된 원인은 탐욕과 두려움, 그리고 서로 다른 종교적 이념적 견해였습니다.

時, 空間的으로 무한한 우주(宇宙), 그 안에서 100년도 안 되는 삶을 살고 있는 인간.

무한(無限)을 느끼고 있는 인간에게, 어느 한순간에 찾아올 수 있는 죽음은 참으로 두렵고 심오한 신비의 영역입니다.

모든 것을 원인과 결과, 시작과 끝으로 인식하는 인간에게 출생 이전의, 죽음 이후의 세계는 가장 큰 의문과 관심의 대상이며, 인류의 모든 종교 토속신앙 등은 그러한 문제에 대하여 다양한 이해와 결론을 가지고 있습니다.

무한한 실재(實在)와 유한한 존재인 인간에 대한 실상을 명확히 아는 것을 우리는 해탈이라고도, 진리에 대한 깨달음이라고도 표현해 왔으며… 人類史上 여러 종교의 발단이 되었던 성현(聖賢)들은 바로 그러한 궁극적 문제에 대한 깨달음과 지혜를 가르쳐 온 것입니다.

이러한 문제에 대하여, 저 역시 이번 생의 제1의 화두로 삼아 왔으며

지금 혼란이 없는 온전한 기쁨과 평화 속에 존재하고 있는 지점에서…

아직 명확한 이해와 답을 가지고 있지 못한 분들!

생존이란 발등의 불을 끄기 위해 정신없이 살아오신 분들!

믿어 왔던 믿음에 무언가 부족함을 느끼시며, 알 수 없는 불안함과 두려움, 영적인 갈증과 온갖 삶의 고뇌로 밤잠 못 이루시는 분들과…

비록 이제 겨우 두드려 왔던 문을 열었으나… 생사를 넘어선 기쁨과 환희로 충만한 저의 삶의 단면을 조금이라도 나누고 싶은 마음에서 이 자리에 섰습니다.

제가 살아온 삶의 여정에 대하여!

제가 두드려 온 문을 여는 데 지대한 도움을 주었던 자료와 정보에 대하여!

그리고 지구를 우주적 축제의 한마당으로 만들기 위해 협력하고 동참해야 할 이 시대의 여러 형제, 가족들에게 전하고 싶은 이야기를 하기 위하여!

이번 생! 저의 삶에서 제가 하기로 선택했던 역할을 하기 위해 지금 저는 다시 무대 위에 섰습니다.

지금 저와 마주 앉은 여러분은 70억 인류의 1% 안에 들어가는 분들로 알고 있습니다.

작은 불씨 하나가 큰 산을 태우듯, 1%도 안 되는 불씨는 나머지 모든 인류를 지금까지 창조 이래 없었던 우주적 축제로 존재하는 모든 것을 한순간에 이끌 것입니다!

그렇게 됩니다!

바로 지금이 그때입니다!

2009. 5. 5. 崔正一

1.
내가 선택했던 여정(旅程)

1) 초등학교에서 고등학교까지의 생활

내게 초등학교와 중, 고등학교를 마치기까지의 삶은 지루하고 답답한 생활이었던 것으로 기억된다. 학교 가는 것이 괴롭고 힘든 일이었으며, 지금 남아 있는 초등학교 시절의 기억이라 곤 서울역 근처에서 약장사꾼들이 약을 팔기 위해 펼치던 쇼를 종종 구경하던 기억과, 남산의 이승만 박사 동상 앞쪽의 수백 개가 넘는 화강석 계단에 판자를 깔고 앉아 썰매를 타던 기억 정도다.

특별한 사고를 친 기억도 없고, 고등학교 3학년 때에는 학교 가기 싫으면 아프다는 핑계로 잠자리에서 일어나지 않아, 30일이 넘는 결석일수를 기록했던 기억은 남아 있다.

가끔씩 미소 짓게 하는 고등학교 시절의 추억 한 가지는, 중3 때 키 순서로 52번(약 60명 중) 하던 번호가, 고1 때 41번, 고2 때 19번 정도로 계속 앞자리로 나가게 되자, 고3 때 번호를 정하던 날 고의적으로 결석하여, 그 다음 날 맨 끝 번인 62번으로 정해지고 맨 뒷줄에서 덩치 큰 친구들과 나란히 앉아, 약해진 시력에도 불구하고 안경을 끼지 않고 멍하니 보이지도 않던 칠판을 바라보던 모습이다.

그래도 아주 돌머리는 아니었는지?! 초등학교 시절은 10등 내외의 상위권을 유지했으나,

계속 하향곡선을 그려 나가다 고등학교 졸업 무렵에는 겨우 중하위권을 유지했던 것 같다.

초등학교부터 고등학교 졸업할 때까지 시험 전날 밤새기 외에는 예습, 복습이란 용어 자체를 몰랐던 것 같고, 어디서 생긴 자신감인지 몰라도 고3 졸업하고 대학에 진학할 무렵에는, 대학 입시 일주일 전까지도 집중적으로 파고들면 통할 수도 있다는 배짱으로 서울 상대(당시 수재들이 지원하던 곳)에 입시 원서를 넣고 버티다, 시험 당일 날 아침 출신 고등학교 망신시키겠다는 판단에… 집을 나서서는 시험 장소가 아닌 인천으로 놀러가서 〈왕중왕〉 영화 한 편을 보고 돌아왔으며, 2차는 아예 포기하고 말았다.

2) 또 다른 나의 일면

내가 고등학교를 졸업하기까지 학교 가는 것이 무척이나 힘들고 싫었던 것에는 이유가 있었다. 지금 되돌아보면 10대 청소년기 때부터 나는 단순하게 사회가 요구하는 여러 가지 학습의 목적과 목표를 찾았던 것 같다.

"나는 누구인가?"

"生과 死의 앞과 뒤에는 무엇이 있는가?"

"神은 있는가?" 그러한 질문이 내 안에서 솟아올랐다!

내가 하는 일! 내가 해야 할 일들의 의미와 목적지는 어디인가?!에 대한 답을 알고자 하는 의지가 내게는 중요했다.

그러한 여러 가지 존재와 삶이 가지는 본질적인 가치와 의미에 대해 심각하게 고민하던 모습은 지금까지 남아 있는 그 당시의 일기와 수필 속에서 확인된다.

고등학교를 졸업하던 해는 실력이 모자라 대학 입학을 포기했으나, 그 다음 해에는 "내가 누구인지?! 무엇을 위해 대학을 갈 것인지?!" 내 인생의 의미와 최종적인 목적을 스스로 확인하기 전에는, 남들이 모두 대학에 간다고 나도 그 대열에 합류하지는 않겠다는 명확한 생각을 가지고 스스로 대학 진학을 포기하고 남산 도서관에 다니며 여러 가지 관심 가는 책들을 찾아 읽었다.

2년 정도 도서관 생활을 하던 중 마음에 변화가 찾아왔는데, 그것은 "20년 정도 살아오며 배워 온 지식과 지혜로 우주와 인생에 관련된 궁극적인 답을 구하는 것이 너무 성급한 생각이다!"라는 것이었고, "그러한 답은 앞으로 더 많은 것을 배워 가면서 찾아보자!"는 것이었다.

그리하여 3년째 되던 해 나 자신을 정확히 알기 위해서는 인간이 살아온 역사를 공부할 필요가 있다는 판단에서 사학과(史學科)를 선택하여 진학하였고, 그 후의 생활은 전과는 달리 매우 즐거운 생활이 되었다.

지금 되돌아보면 청소년기 고민하며 썼던 일기와 수필, 그리고 대학 졸업 논문 등을 볼 때 하나의 초점으로 맞추어진 일관된 관심사가 있었고, 그때 가지고 있었던 내 삶의 최대 과제는 지금까지 변함없이 계속 가져왔던 것임을 알 수 있고, 그 결과로 지금 내가 이러한 글을 쓰고 있는 것이다.

3) 대학과 군복무 이후의 사회생활

군대 3년과 대학 4년을 마친 후 나는 건축 관련 회사에 취업하여 4-5년 직장 생활을 하였으며, 그사이 1년간 사우디아라비아 건축 현장에서 일하기도 했다. 귀국한 후에는 주로 주문 주택 시공에 관련된 일로 세월을 보내다가, 1990년 초에 물탱크 청소 사업을 시작했었고 1993년

후반기부터 7-8년간은 전원주택 시공 개인 사업을 운영했었다.

사업을 하는 동안 매우 바쁜 나날을 보냈었으나 큰 소득은 없었으며, 2001년 정도의 시기에 내 천직이 집을 짓는 일이 아니라는 확신을 가지면서 그동안 해 오던 사업에서 손을 떼고, 청소년 시기 이후 항상 그 답을 구해 왔던 "나는 누구인가?!", "존재하는 모든 것의 실상은 무엇인가?!"에 대한 궁극적인 답을 얻기 위한 일에 집중하기 시작했다.

사업을 하면서도 나는 항상 인간과 우주, 신 등과 관련한 궁극적 문제에 대한 탐구를 계속하였었고, 1990년대로 들어서면서 홍수처럼 쏟아진 많은 귀한 책들을 꾸준히 살펴보면서 대화가 통하는 사람들과의 교류도 계속 가져왔는데, 아마도 사업보다 진리에 대한 관심이 더욱 컸던 것 같다.

2001년 이후에는 오로지 나 자신과 우주의 궁극적 실상에 대한 진실 확인에 몰두하였고 인터넷을 통해 전달되는 하루하루의 귀하고 새로운 정보를 통해 시야를 넓혀 왔으며, 2004년에 이르러서는 내가 구하던 답에 관한 전체 그림이 파악되고 이해되는 지점에 서게 되었다.

그리하여 그때 가지게 된 큰 기쁨을 주변 분들과 나누기 위해 평생 생각해 본 적도 없었던 책(《당신도 신입니다》, You are God also)을 쓰게 되었으며, 이어서 2005년에는 《지구별 졸업여행》을 쓰고 출간하게 되었다.

4) 한 우물 파기

지금 이 순간 내가 이번 생에 살아온 전체 여정을 되돌아보면 오로지 한 길을 걸어왔던 것을 알 수 있다. 우리 사회가 유년기 때부터 암기식으로 주입시켜 온 제도권의 교육과 종교적 신념! 그러한 것이 편치 않아 학교 가는 것이 그렇게도 싫었던 20세 이전의 시절…

스스로 궁극적인 답을 찾겠다고 결심한 후 그렇게도 후련했던 가슴! 남들처럼 가정을 가지고 생활 전선에 뛰어들어 사업을 하면서도 일과 시간이 끝나면 그날 상황 끝!

그 후론 내가 관심 있는 책을 읽거나 대화가 통하는 사람들과 만나는 일 등에 쫓아 다니던 생활.

그러한 모든 생활 태도를 보거나, 청소년 시기에 썼던 일기나 수필!

"내가 누구인지?!" 알기 위해 선택했던 역사학과! 그리고 대학에서 썼던 졸업 논문!

지금 내가 나의 삶의 여정을 되돌아보고, 오랜 시간 두드려서 문을 열고 보게 된 진실을 많은 분들과 나누기 위해 글을 쓰고 있는 나의 모습!

이 모든 것을 보면, 태어나서 엄청나게 울어 대서 어머니가 함께 울 수밖에 없었다는 옛 이야기를 시작으로 지금에 이르기까지 오로지 한 우물을 팠다는 것을 알 수 있고, 그 결실이 지금 쓰이고 있는 이 책으로 나타난다는 것이 참으로 다행스럽고 감사하며…

그동안 보이지 않게 도움을 주어 온 베일 저편의 모든 가족 형제들에게 진심으로 감사의 뜻을 전한다.

5) 전화위복(轉禍爲福)

여담 삼아 내게 9세 전후로 있었던 물리적 충격(사고)에 대한 이야기를 잠시 하겠는데, 이 글을 보시는 분들 중에 유사한 경험이 있는 분들에게 참고가 되리라 본다.

초등학교 시절… 대략 9세 전후로 기억되는데, 동네 친구들과 눈을 가리고 술래잡기 놀이를 하던 중 내가 수건으로 눈을 가린 상태에서 골목 안으로부터 바깥쪽으로 향하던 중 2-3개의 계단이 있었는데, 발을 헛딛게 되어 넘어지는 것도 모르고 앞으로 넘어져 머리 우측 앞부분을 맨땅에 크게 부딪친 사고가 있었다. 다행인지 불행인지 피는 나지 않았고 속으로 멍이 든 상태에서 정신없이 집으로 돌아가던 기억이 나는데…

그 사고가 있은 후 정신 집중이 잘 되지 않는 상태에서 초점을 잃고 멍하니 앞만 바라보는 경우가 학교를 다니는 과정에 자주 있었으며, 그런 현상은 군에 입대하기까지 계속되었고 군대를 제대하고 복학하던 시기를 전후하여 회복된 것으로 기억된다.

군대 생활 중 2년 정도 병원 부대의 행정과에서 근무하였었는데, 그 동안에 머리 부분에 어떤 흔적이 있을까 궁금하여 X-ray 사진을 촬영하여 보았고, 다쳤던 부분에 지름 3~4cm 정도의 희게 석화(石化)된 부분이 남아 있었던 것을 기억한다.

이 사고가 내게 중요한 의미를 가진 것이라는 것은 천상의 가족인 토비아스(Tobias)가 2000년 전해 준 "그리스도의 길 잃은 아이들"이란 메시지를 통하여 확인할 수 있었는데,

그 내용은 2000년을 전후한 시기에 지구가 멸망하거나 상승할 수 있는 두 개의 가능한 시나리오가 있음을 알고 육화한 영혼들이, 자신이 가지고 온 강력한 '그리스도의 빛' 에너지를 숨기기 위해 보통 10세 이전에 정신적이거나 물리적인 충격을 스스로 선택하는 경우가 많았는데, 그 이유는 그러한 그리스도의 에너지를 이해할 수 없는 부모나 사회에 의해 죽임을 당하거나 정신 병원으로 보내질 수 있는 위험성을 피하기 위함이었다는 것이다.

"그리스도의 길 잃은 아이들"(새 지구 시리즈 8장, 2000. 1. 15.)을 읽는 순간, 그것이 내가 겪은 체험과 일치되는 것을 느낄 수 있었으며, 나는 이미 그러한 사고가 내게 전화위복(轉禍爲福)의 좋은 경험이었다는 것을 알고 있었기 때문이다.

그 이유는 나의 어린 시절 머리에 가해졌던 물리적 충격으로 인해 사

고 기능과 집중력에 부분적인 장애를 가지게 된 것은, 어린 시기에 입력되고 고정 관념화되는 현실적 교육 제도와 신념 체계로부터 나 자신을 차단하는 보호막으로 작용했었다고 느끼고 있었고, 그 결과로 지금 60을 바라보는 나이에 이번 생에서 내가 하려고 계획했던 일들을 시작할 수 있었기 때문이다.

아마도 이 글을 접하시는 많은 분들이 이와 유사한 과정을 통해 부분적인 기능 저하의 체험을 가지고 계실 것으로 추측된다.

6) 열릴 때까지 두드린 문

다행히도 지금까지 간직하고 있었던 청소년 시절의 일기와 수필!

역사학과를 선택하고, 썼던 졸업 논문의 내용!

사업을 하면서도 끈질기게 잡고 놓지 않았던 '나 자신과 존재하는 모든 것에 작용하는 우주적 원리'에 대한 탐구!

사업이 내 천직이 아님을 확인하고, 궁극적 의문에 대한 답을 찾기 위한 생활 전선에서의 이탈!

2001년 이후 집중했던 인터넷 등을 통한 탐색!

한평생 두드려 온 문을 열고, 그 기쁨을 나누기 위해 썼던 두 권의 책!

이것은 열릴 때까지 문을 두드렸던 결과이며, "두드리면 열린다! 구하면 얻는다!"는 격언을 확인하는 예라고 본다!

아래에 내가 어느 문을 두드렸는지?!를 보여 주는 10대 후반 시기에 썼던 일기 일부와 수필 몇 편. 그리고 대학 졸업 논문의 목차와 결론 부분을 참고를 위해 옮겨 온다.

2.
여행을 시작할 시기의 일기와 수필 몇 편

1) 1966년 일기

1. 1. : … 하나님- 아버지 저의 오늘 하루의 실수를 모두 용서하옵시고 오늘부터 맞은 1966년도 새해를 주님 뜻 가운데서 살게 하여 주십시오.

2. 2. : … 왜 인간들은 장단(長短)을 모두 가져야 하나? 왜 장점만을 가지지 못할까? 왜 인간은 사는 것일까? 이렇게 생각할 때 하나님이 원망스러워진다. 이루 말할 수 없을 정도로… 하나님이 너무하시는 걸까? 아니겠지, 내가 부족한 탓이리라.

4. 13. : … 도무지 인생이란 것이 허무한 것 같았고, 하나님의 존재가 희미해지는 것 같음을 느꼈다. 아! 하나님! 정말로 하나님은 계신가요?

7. 31. : 아! 주여 제가 짧은 생애이나마 무의미하게 보내지 않도록 이끌어 주시고 갈 길을 밝히십시오…

2) 1967년 일기

2. 12. : 나는 국가를 위해서나, 민족을 위해서나, 세계 인류를 위해서나 최대한의 필요성을 가지게 되는 인간이 되어야 한다.

2. 18. : … 나는 벌거벗은 인간이 되리라. 아무도 그 어느 누구도 벌거벗지 않으려 한다 해도 나만은 벌거벗으리라. 그리고 보여 주리라. 나의 모든 것을. 나는 비밀 없는 인간이 되고 싶다. …

3. 26. : … 적어도 나는 앞으로 나 자신의 안일만을 위해 살아서는 안 된다. 나는 내 능력 한도 내에서 공공을 위하여 희생 봉사하는 생활을 하여야 할 것이다.

4. 14. : 모든 것은 피와 땀의 결과이다. 인간의 아름다움은 일의 완성에 있는 것이 아니고, 완성을 향한 노력에 있는 것이다. 나는 노력을 해야 한다.

7. 30. : … 그래 이제는 나 자신에게만 모든 것을 의지한다. 누구의 간섭도 불허하고 모든 것을 나 자신의 능력과 노력으로 극복하겠다. 나를 위해 줄 사람은 나 자신밖에 없는 것이다. 남을 도와준다는 것은 나를 완성시킨 후에 하여야 할 것이다. …

8. 15. : 최선을 다한 후에 쓰러지는 것은 패배가 아니다. 그것은 파괴일 뿐이며 파괴는 더욱 더 큰 승리를 향한 새로운 출발점이다.

11. 16. : 인생이란 무엇인가? … 나는 무엇을 위하여 살라는 말인가?! 내가 지금까지 배워 온 것은 도대체 무엇인가? 장장 12년에 걸쳐 배워 온 모든 것이 이렇듯 쓸모없는 것이었나? 우리 교회의 교육은 이렇게도 형식적인 것이었단 말인가?

우리 사회의 교육은 이렇게도 무가치한 성질의 것인가?

아! 지금의 나는 망망대해(茫茫大海)의 길 잃은 조각배보다도 외롭고 갈 길 모르는 존재이다. 이 지금의 나에게 멀리 등대로 나타날 목표는 무엇인가? 무엇이 나를 이 절망 가운데서 건져 낼 것인가 말이다. 하루 속히 이것을 발견해야만 한다. …

현명한 인간은 인간의 참된 행복이 무엇인지를 안다.

그런데 나는 아직 그것을 모르고 있는 것이 아닌가?

나는 그것을 알고 싶은 것이다.

3) 1968년 일기

1. 8. : … 내가 노력해야 할 이유는 단지 나 자신을 완성하고 내가 현존(現存)하는 사회, 민족 인류를 위하여 그들의 삶의 목표를 찾아 주고, 그들을 좀 더 하나님이 원하시는 바른 인간으로서 좀 더 인간다운 삶을 누릴 수 있도록 이끌어 주기 위함이다.

1. 14. : … 지금의 내게 있어서 인생이란 문제는 너무도 거대하다. 아마도 지금 내가 취할 수 있는, 아니 언제나 취해야 할 태도는 모든 일에 성실해야 하는 것이다.

2. 21. : … 그러나 한 가지 분명한 사실이 있다. 이 사실은 의심할 여지가 없다고 생각한다. 즉 나는 하나의 인간으로 존재하고 있고, 또 그렇기에 살아야만 된다는 분명한 사실 말이다. 이 사실을 분명히 느끼고 나의 앞길을 밝히 보지 않으면 안 된다. 아버지 나의 아버지! 부디 정신이 이상해지진 않게 해 주십시오. 분명코 제 자신만은, 진실된 제 자신만은 떠나지 않게 해 주십시오.

3. 1. : … 나는 내게 가로막힌 아주 작은 장애물을 넘지 못하고 내가 왜 이것을 넘어야 하나 하고 생각하며 그것을 피하려 하고 있는 것이 아닐까? …

아무튼, 아무튼 복잡하다. 우선 나 자신을 알고 봐야겠다. 정말 나는 나 자신조차 알지 못하는 무능력한 인간이구나.

3. 16. : … 나는 내가 왜 존재되고 있는지?!

내가 무엇인지?! 우리의 인생, 생활이란 것이 모두 단순하고 맹목적이라는 생각밖에 없다. 죽음이란 것이 그리 먼 거리에서 느껴지지는 않는다. 살아야겠다는 살아야만 한다는 뚜렷한 목적의식이 없다는 말이다. 그저 죽지 않았으니까 살고 있다는 그 정도다. …

3. 18. : 끊임없는 내적 싸움에서 순간순간에 계속 승리를 얻어 나가지 않으면 아무것도 이루어지지 않을 것이다. …

무엇을 위하여 나는 사는가? 나에겐 아무런 목적도 없다!

어떻게 이런 상태로 생활할 수 있단 말인가?

5. 18. : 나는 도무지 산다는 것이 무엇인 줄 모르겠다.

즐겁기도 하지만 어떻게 보면 너무나도 무의미한 삶이다. 도무지 무엇을 위해 사는 것인지?!

4) 1969년 일기

1. 5. : 인간의 교육을 위하여 대학은 존재하고 있다. 인간이란 지구상의 생물, 두뇌가 발달한 생물일 뿐이다.

지구 그리고 태양계, 그리고 수많은 별들은 도저히 해결할 수 없는 신비이다. 인간은 그 무한한… 영원한 신비 가운데에 잠시 나타났다 사라지는 60여 년을 사는 아무런 의미도 갖고 있지 않은 思考하는 동물일 뿐이다.

1. 18. : 나는 인생의 목적 그것을 찾으려 했다. 인간의 생명은 무엇을 뜻하며, 나는 무엇을 해야 할 것인가? -즉 나는 인간과 우주의 가장 근본적인 원리를 찾고자 하는 것이다.

1. 20. : 우습다. 나 스스로를 비웃고 싶어지는지도 모른다. 나는 우스운 사람이다. 어쩌면 쓸 곳 없는 존재일는지도 모른다. 그렇다! 기껏 나빠 봐야 자신을 자기가 알지 못하는 어리석은 인간일 뿐이다. …

나는 스스로 생각한다. 나는 특수하다고. 내가 남과 다른 것은 내가 잘못하고 있는 것이라 보아선 안 되겠고, 단지 남의 것과 나의 것을 비교해야 할 뿐이다.

복잡하다. 복잡하다. 너무 복잡하다. 언젠가 지금의 내 심리 상태를 평가하고 반성할 수 있는 때가 있겠지. 그때까지 나는 결코 쓰러져서는 안 된다. 나는 기필코 승리할 것이다… 우선 나 스스로에 승리를 거두고, 다음에는 모든 사회에 대하여 승리를 쟁취하여야 하겠다.

2. 2. : 요사이 나는 자주 생각한다. 왜 이렇게 실없는 인간이 되었는가 하고. 그러나 나는 왜 그러한 함정- 암흑 가운데서 벗어나지 못하고 있는가? 무엇이 나를 얽어매고 있는가? 그만두자 원인이야 무엇이든 나는 새롭게 일어서지 않으면 안 된다. 어떠한 역경도 나를 쓰러뜨릴 수는 없다. …

나는 나 홀로 있고 싶다. 나는 사회에 동화하려고는 않는다. 나는 사회를 내가 뜻하는 대로 이끌어 가려고 한다.

나는 우선 나 스스로를 다스리지 않으면 안 된다. 모든 것을 떠나 홀로 모든 것을 맞고 싶다.

2. 6. : 나는 깨끗하고 밝게 나의 미래를 계획했다. 그러나 모두들 반대한다. 심지어는 돌았다고 한다.

왜 내가 돌았나? 우습다 못해 눈물이 날 지경이다. 모든 사람들이 가지 않는 길로 가려 한다고 해서 돌았어?

우습다. 눈물이 날 지경으로. 모든 인간이 가는 길. 그것이 절대적 진리의 길은 아니다. 모든 길은 인간에 의해 만들어진다.

2. 24. : 지금 내가 살고 있는 사회는 대단히 불안정한 상태에 있다.

이제 안정을 찾기 위해 한 번의 격동기를 맞을 때에 그것을 나의 손에 의해 안정시킬 수 있게끔 조용히 묵묵히 그 준비만에 힘을 기울이지 않으면 안 된다.

2. 29. : 나는 남들과 다른 인생을 살아간다. 그들은 그들 자신이 살고 있다는 것조차 알지 못한다. 그들은 모든 사회 구조는 인간의 손에서 비롯된다는 것을 미처 깨닫지 못한다. 그들은 그러한 것을 깨닫고 새로운 환경을 개척하는 인간의 뒤를 따를 뿐이다. 나는 결코 초조해 해서는 안 된다. 표면적으로는 2년을 뒤져 있으나, 그것은 받아들이기에 달린 것이다.

그들은 2년을 앞선 줄로 생각하겠으나, 실제적으로 수십 년이나… 아니 결코 만회하지 못할 만한 거리를 뒤떨어져 있는지도 모른다.

3. 1. : … 나는 내가 스스로 선택한 길을 간다. 나는 나 자신 스스로 권태를 느끼지는 않는다. 나는 내가 걷는 길에 만족한다. 나는 나를 비웃는 인간이 많을수록 더욱 용기가 솟을 것이다. …

나는 약해졌는가? 모든 것을 가장 바르게 판단할 수 있는 이에게 묻고 싶다. 나는 약해졌는가 하고?!

3. 6. : 나는 괴롭다. 내가 무엇을 해야 되는가를 아직 찾지 못하였기 때문에. 그러한 목적과 삶의 의의를 찾게 된다면, 나는 어느 누구보다

도 행복한 인간이 될 것이다.

3. 18. : 인생이란 무엇인가? -그것은 건방진 물음이다. 인간은 본능에 의해 사는 천한 동물의 일종이다. 인간이 얻을 수 있는 것은 일시적인 것뿐이다. 나는 너무나 약해졌다.

3. 19. : 근래 며칠 동안의 나는 너무나 어리석었다. 나는 목숨을 걸고 투쟁하지 않으면 안 된다. 나는 내 심신의 안락을 구치 않는다.

6. 29. : 나는 최근에 비로소 실제적인 감각으로서 내가 향하는 목표에 이르는 길이 얼마나 험난한 것인지 느끼기 시작하는 것 같다. 그것은 좋은 현상이다. 이상은 이상 자체로 존재해서는 아니 될 것이다. 그것은 현실화됨으로써 더욱 귀한 것이 될 것이다.

7. 13. : … 이러한 문제에 있어선 신에게 간청하고 싶은 마음이 생기는구나. 신이여! 저는 아무것도 신에게 청하고 싶지 않을 만큼 거만한지 모릅니다. 그러나 신이여 당신이 존재하고 계신다면 들어 주시기를 바라고 싶군요.

8. 9. : 인간은 어느 한 가지 일에 전념함으로써 성공할 수 있다. 일생 일을 할 수 있는 약 30여 년간 오직 한 가지 목적을 정하고 그 일에 집

착할 때만이 모든 인간은 뜻을 이룰 수 있다.

5) 1969년 ~ 1971년 시기에 쓴 수필

■ (1) 1969년

우리가 사는 것 그것은 우리의 의지가 아니다.

우리가 사는 것 그것은 우리의 의지가 아니다. 정말로 기가 막힐 노릇이다. 정말로 너무나 허무한 사실이다. 그러나 그것은 너무도 명확한 진리가 아닌가? 그것도 너무나 중요한 사실이다. 우리가 지금 살고 있는 것! 그것은 우리의 의지가 아니다. 우리는 언제 죽을지 모르는 존재인 것이 참으로 의심할 여지가 없는 사실인 것이다. 그렇다 지금 나는 내 의지에 의해 살고 있는 것이 아니다. 나는 지금 살고자 하기에 살고 있는 것이 아니다. 아니 하긴 죽고자 하지 않기에 살고 있는지도 모른다.

그러나 이것은 분명한 사실이다. 즉 내가 아무리 살고자 하여도 나는 언제 죽을지 모르는 존재라는 것—나의 생명은 최소한 나 자신의 것일 수는 없다는 것이 사실이다.—즉 나의 생명은 나와 그 어느 누구의 것이거나, 아니면 전혀 내 것이 아니라는 말이다.

불요불굴(不撓不屈)의 의지는 인간의 최대 가치이다.

삶과 죽음에 대하여는 오직 믿음만이 해결의 열쇠이다. 그러므로 이제 나는 다른 문제점을 정복해야 하겠다. 무엇보다 중요한 것은 끊임없이 투쟁하는 의지다. 그 불굴의 의지가 가장 가치 있는 것이다. 그것을 가지지 못할 때 우리는 가치 있는 삶을 살지 못한다. 끊임없이 노력하는 의지, 굴복하지 않고 전진하는 의지, 그 불굴의 의지가 있을 때에 무한한 가능성을 가진 세계가 전개될 것이다.

그 불요불굴의 의지는 인간의 최대 가치다. 그것이 완전히 실현되지 않는 한, 죽음이 항상 삶의 가치를 앞서 있는 것이다. 결코 한 번이라도 굴복하느니 차라리 죽어 버려야만 한다. 죽자 죽자! 아니면 모든 것을 정복하자.

이 세상에는 두 가지 종류의 인간이 있다. 하나는 불가능을 가능으로 만드는 인간이요. 다른 하나는 가능을 불가능으로 만드는 인간이다.

무엇을 위하여 어떻게 살까?

무엇을 위하여 어떻게 살까? 그것을 알고 싶다는 말이다.

내가 있고 인간의 사회가 있다. 지금 내가 알 수 있는 전부는 오직 그것뿐이다. 그러나 나는 사라질 것이다. 지금 가지고 있는 생각도 육체도 모두 사라질 것이다. 한갓 왔다 가는 일장춘몽과 같은 생활이다. 그러나 무엇보다도 직접적이고 중요한 것은 살고 있다는 것이다.

왜 사는지? 무엇을 위해 살아야 할지! 전혀 알지 못하면서 살아야 하는 인생. 만일 그것이 전부라면 우리는 사는 것이 아니다. 만약 시작도 끝도, 자신의 의미도 인생의 의미도 알 수 없는 것이라면, 우리 인간에게 주어진 이성은 하나의 병이요, 고통일 뿐 아무것도 아니다.

나는 인간일 뿐이다. 나는 신이 아니다.

결국 나는 하나의 인간일 뿐인가? 강아지가 아무리 애써 봐야 그는 강아지일 뿐 결코 새나 인간이 되지 못하듯이, 나는 아무리 애써 봐야 바로 그 인간일 뿐 결코 신이 되지 못한단 말인가? 할 수 없다. 나는 인간일 뿐이다. 단지 나는 가장 가치 있는 인간이 되기 위해 노력해야 할 것인가 보다. 나는 인간이다. 인간일 뿐이다. 나는 신이 될 수가 없었다. 그리고 앞으로도 역시 인간일 뿐이다. 그럼 이제 나는 신이 되려고 노력해서는 안 되겠구나.

나는 인간이다. 그 밖의 아무것도 아니다.

수억만 리 먼 곳을 날아도, 수억만 리 땅을 뚫고 나간다 해도, 울어 봐도 웃어 봐도 뛰어 보아도 기어 보아도, 앉아도 서도 나는 인간일 뿐이다.

이제 나는 어떻게 살아야 하나? 우선 나는 신이 되지 않아야 하겠다. 내가 신이 되려 한다면, 그것은 결국 이루어지지 않을 꿈이기 때문에 나는 완전히 패배하는 인간이 된다. 그러나 신에 가까운 인간이 되기 위해 노력하는 것은 충분히 보람 있는 일이다.

나는 오직 가장 가치 있는 인간이 되기 위해 노력해야 할 것 같다. 왜 나는 죽는가?를 따지기보다는 인간인 이상 나는 죽어야 한다는 불변의 진리를 긍정할 수 있어야 한다. 그리하여 인간인 나로서 해결할 수 있는 일을 우선적으로 해결하지 않으면 안 되겠다. 나는 무엇보다도 하나의 인간인 나 자신을 위하여, 우선 인간이 어떠한 존재인가를 여러모로 관찰할 수 있어야 하겠다.

나는 인간 이상의 혹은 인간 이하의 존재가 될 수 없다. 아무리 발버둥 치고 뛰어 보아도 역시 나는 인간일 뿐이다.

나는 인간이다. 그 밖의 아무것도 아니다. 나는 산다.

앞으로도 죽기까지 살 것이다. 그러므로 앞으로의 생활을 계획할 필요가 있다.

나는 무엇을 위하여 살아야 할까?

인간은 지구상의 지능이 뛰어난 동물의 하나이다.

인간은 일종의 생물. 인간은 영원히 살지 못한다. 기껏 살아야 100년 내외. 인간은 하고 싶은 것을 모두 하지 못한다. 아주 조그마한 것이라도 오랫동안의 계속적인 노력에 의해서만 얻어질 수 있다.—물론 그 인간이 얻을 수 있는 것들은 극히 한정된 것이다.

인간들은 스스로 자신을 마치 우주의 중심인물처럼 착각하기를 잘한다. 인간은 단지 지상의 모든 생물보다는 뛰어난 지혜를 가진 하나의 생물일 뿐이다. 다른 모든 동물과 마찬가지로 번식하며 자신의, 가족의 생존을 위해 타인을 기꺼이 제거한다. 오직 두뇌가 발달됐을 뿐 그들의 주위에 위험이 다가오면 그것을 제거하기 위하여 수단 방법을 가리지 않는다.

오직 그들에게 안전이 보장될 때만 양순해질 수 있고, 나아가서 그들의 힘이 타 생물—인간에 비해 월등하다고 판단되면 그것으로 타인의 재산, 나아가 생명까지도 강탈해 버리는 것이다. 적이 조그마한 틈만 보여도 돌연 험악한 표정을 짓는 인간사회 그리고 국가들… 이것이 인간 역사를 지배해 왔다.

너무나 경솔하고 무가치한 인간들, 그리고 스스로 자신의 능력을 알지 못하는 인간들!

혹 자신의 무능을 모르기에 살아갈 수 있을지도 모르나, 그것으로 암흑의 세계를 살아가고 있는 게다!

인간이 알 수 있는 것

나는 하나의 인간이다. 지상에 인간이 모여 이룬 하나의 사회가 있다. 나는 한 인간으로서 이 시간과 공간 속에 존재하고 있다. 인간은 수십만 년 전부터 이 지상에 살아왔다. 생물학자들은 인간의 기원을 우연한 것으로, 자연 발생적인 것으로 설명한다. 그러나 그것은 하나의 이론일 뿐 결코 명확한 진리일 수는 없다. 또한 기독교인들은 창조주에 의한 피동적인 기원을 주장한다. 그러나 역시 다른 모든 종교와 마찬가지로 눈에 보이는 사실이 아니라 어떤 가정(假定)을 세우고 그것을 믿음으로써 인정될 수 있는 것일 것이다.

한마디로 인간이 알 수 있는 것은 너무나도 극소 부분의 자연 현상뿐이다. 그리고 그것은 한 인간이 자신의 가치와 위치를 이해하는 데 아무런 도움을 주지 못한다.

나는 무한한 우주 속의 유한한 생물

나는 무엇인가? 무한한 우주 속의 유한한 생물. 현재 우리가 알고 있는 생물 중에서 가장 뛰어난 생물. 발전하고 스스로 개선할 줄 안다. 그러나 나는 오직 지구란 하나의 혹성 위에 살고 있는 하나의 생물. 왔다가는 수백, 수천억 인간 중의 하나. 나는 결코 이 우주, 아니 지구의 주인조차 되지 못한다.

내가 태어나고 사라질 것이 결코 이 지구에 그리고 태양계에, 나아가서 우주에 아무런 변화도 가져오지 못한다. 내가 세상에 태어나서 얼마간 살다가 사라진다는 사실은… 봄에 싹이 돋고 가을에 한 장의 낙엽이 되어 흩날리는 저 나뭇잎 하나보다 결코 많지도 적지도 깊지도 못한 의미를 내포할 뿐이다.

한이 없는 우주. 그 끝이 없는 우주. 그 영원—무한 속의 단 몇 십 년간 계속되는 유한한 생명! 얼마나 미미한… 초라한 존재인가?!

우주 그리고 인간은 너무나 거대한 모순이다.

인생! 인간의 일생. 하나의 인간은 어디에서부터 와서 어디로 가는 것인가? … 그 '어디'라고 하는 그 말 자체가 도무지 허무맹랑한 것인지도 모른다. 모든 인간은 스스로 "인간은 무엇인가?! 영원한 존재일 것." 이라고 단정하고 그것을 믿으려 한다. 그러나 인간 역시 하나의 단순한 생물일 수도 있는 것이다. 인간은 어머니의 뱃속에 태어나기 전까지는 완전한 無였고, 또 죽음을 맞으므로 다시 완전한 無로 사라질 것이라고 가정해 볼 필요도 없지 않다.

인간이 죽음과 함께 완전히 그리고 영원히 무로 돌아간다 해도 이 우주 안의 모든 사물은 여전히 존재할 것이다.

—이 우주 그리고 인간은 너무나 거대한 모순이다.—

만일 인간에게 영원한 영이 있다면 그것은 원래 있었던 것이거나, 아니면 다른 존재 즉 신으로부터 모태에서 떨어져 나올 때 창조된 영일 것이다.

—이 우주 그리고 인간은 너무나도 거대한 영원히 끝이 없는 모순이다.—

나는 하나의 인간. 왔다 사라지는 한 줌의 흙. 히틀러는 힘이 약했기에 세계 인류의 최대의 적이 되지 않으면 안 되었다. 그것이 인간 사회의 현실이 아닌가? 힘과 힘의 대결, 그리고 자연히 또 사고로 사라져 가는 인간들. 그것이 하나의 생물 인간의 현실이다.

나 역시 잠시 이 지상에 태어났다 사라지는 한줌의 흙.

영원한 신비 속에 태어나 그 위에서 살다가 그 속으로 사라져 가는 외로운 생물.

그들도 웃고 나 역시 웃는다.

남들은 웃는다. 나 역시 웃는다.

그들은 말할 것이다. "너는 두렵기에 회피하려 한다고."

그러나 나 역시 말할 것이다. "나는 창조하려 한다고."

그들도 웃고, 나 역시 웃는다.

그러나 얼마 후 둘 중의 하나만이 계속 웃을 수 있게 될 것이다.

모든 인간은 전부 일반적 사실에 거스르는 본능을 갖고 있다.

그러나 그 미지의 세계에 도전하여 승리를 거두는 인간은 결코 많지 않다.

우리는 이미 다져진 평탄한 길을 떠나, 새로운 길을 만들어 내는 인간들을 천재 혹은 영웅이라고 한다. 스스로 창조하는 생활, 그것이 가치 있는 것이리라.

우주는 무한한 신비. 인간은 그 영원한 불가능 속의 의지할 곳 없는 하나의 생물.

우리는 판단의 기준을 가질 수 없기 때문에 괴로워하는 것이다.

인간은 오직 하나의 생물일 뿐이다. 영원을 갈망하는…

결사적이다. 인간의 생존에 대한 열의는. 그러나 결국 그들 모든 인간은 한줌의 흙으로 돌아가지 않으면 안 된다.

그렇다면 우리 인간은 살고 있는 것 그 자체로 만족하지 않으면 안 된다는 말인가?

아무튼 우리 인간은 인생에 대해 아무런 목적도 의의도 발견할 수 없을 것 같다.

■ (2) 1970년

大學

대학이란 무엇이었나?

대학이란 인간 사회의 모든 자연과 사회적 현상의 전문적 연구를 위한 기관이었다.

지금의 대학은 무엇을 목적으로 하고 있나?

사회와 국가의 유익과 번영을 위한 각 분야의 전문가를 배출하는 것을 목적으로 한다.

대학은 무엇이어야 하는가?

대학은 인생을 살아가는 하나의 인간이 자신의 존재 의의와, 사회적 역사적인 거시적 관점에서의 인간 가치를 확립하기 위한 연구 기관이어야 하지 않을까?

** 어떤 개인은 다른 인격자의 인생관을 배우는 것은 아니다.

그것은 사람마다의 타고난 개성이 다르기 때문이다.

내가 원하는 것은 한 인간의 완성이다.

내가 원하는 것은 한 인간의 완성이다. 인간은 잠시 왔다가 사라진다. 어디로부터 왔는지, 그리고 어디로 사라질 것인지 그것을 알고 싶다. 이 무한히 넓은 우주 그것이 무엇인지?!

우주는 무한히 존재할 것이고, 한 인간은 잠시 왔다 사라진다. 그가 죽고 난 후 그가 생전에 누리던 권력 명예 영광 그것이 가지는 가치는 무엇일까?

내가 원하는 것은 세상의 모든 쾌락, 즐거움, 명예, 권력이 아니라 그러한 모든 것이 의미하는 바의 가치, 생존 그 자체의 의의, 영원한 진리! 그러한 것이다.

새로운 길

그것은 창조하는 생활이 아니다.

남이 닦아 놓은 길을 밟는 것일 뿐이다.

나는 싫다. 다져진 길을 가는 것은.
나는 원한다. 새로운 전혀 새로운 길을.

나는 원한다. 평범한 행복보다는 창조 개척의 고통을.
나는 달리고 싶다. 미지의 거친 황야를. 홀로—영원히 끝까지.

남의 인도에 의한 성공. 그보다 나 스스로의 실패
거기에는 괴로움이 있을지언정 후회는 있을 수 없는 것이다.

우주는 영원히 존재할 것이다.

산다. 나는 살고 있다. 그러나 내게는 목표가 없다.

돈도 권력도 명예도 지금의 내게는 아무런 의의도 없다. 인간은 살다가 죽는다. 단지 살다가 죽을 뿐이다. 그들의 생존은 어떠한 필연적인 목적이나 가치를 갖고 있지 못하다. 그들은 누구나 삶의 의미를 찾으려고 몸부림친다. 그러나 그들 인간 중, 그 수없이 많은 인간 중 어느 하나도 그들 존재의 의미를 스스로 깨닫지는 못한다.

그들은 믿는다는 것으로 그들 자신에 관한 의문을 끝맺으려 한다. 그러나 그것은 어디까지나 믿는 것이지 모든 인간에게 공통-보편적인 진리는 아니다. 인간은 너무나 보잘것없는 존재이다. 절망하기에는 너무나 투지가 강하고, 뜻을 이루기에는 너무나 무능한 존재이다.

한번 인간의 존재, 생존의 의미, 가치, 그것에 대하여 절망해 보자. 그러면 그때의 나는 무엇을 해야 하겠는가? 내가 왜 사는지, 산다는 것이 어떤 가치를 갖고 있는지, 나는 결코 찾지 못할 것이다. 아니 온 인간에게 그것은 결코 해결이 불가능한 문제일 것이다.

우리 모든 인간은 우리 안에 갇힌 일개의 동물 이상으로 비유될 수는 없다. 대부분의 인간은 스스로 그들 자신의 존재, 그리고 생활을 위대한 것으로 상상한다. 그러나 그들 모두는 착각하고 있거나 사물을 판단하는 능력을 결여하고 있다.

그들은 모두 인간의 생활, 그리고 능력, 그것의 한 가지만을 보았지, 인간이 해결할 수 없는 무한한 신비, 비밀의 세계를 깨닫지 못하고 있다. 그러므로 결국 인간이 도달할 수 있는 곳은 인간—즉 생각하는 자신 스스로가 너무나 초라한 존재라는 것을 깨닫는 곳일 뿐이다. 모든 인간은 결코 아무런 해결도 보지 못한 채 사라진다. 나는 그리고 우리 모든 인간은 우리 스스로를 지나치게 과대평가하고 있다. 그러므로 우리는 노력하지 않으면 안 된다. 그러한 모든 환상에서 돌아서서 우리 자신을 바로 볼 수 있게끔.

나는 한갓 지능이 뛰어난, 어디서 왔는지 또 어디로 갈 것인지조차 알지 못하는 가련한 동물에 불과한 것이다. 모든 인간은… 그렇다! 결코 중대한 가치를 갖고 있지 못한 일종의 생물일 뿐이다. 나 하나가 죽는다고 해서 그리고 온 인류가 죽는다고 해서, 결코 이렇다 할 변화를 가져오지 않을 우주다. … 우리가 자리 잡고 있는 곳은.

자 생각해 보자!

시저가 죽으므로 인류 사회는 어떠한 변화를 가져왔나? 알렉산더가, 나폴레옹이 죽으므로 어떤 변화가 일어났나?

그리고 내가 죽는다고 하자. 그러면 어떤 변화가 이 인간의 사회에 일어나겠는가? 그리고 온 인류가 멸종된다 하면 어떠한 변화가 이 지구상에 그리고 태양계에 일어나겠는가?

결코 그렇지는 않다. 나라는 한 인간은, 그리고 인류라는 수많은 일종의 생물은 결코 이 무한한 존재—우주에 대하여 전혀 비할 여지가 없다. 나는 사라지지만 우주는 존재한다. 모든 인류가 사라져도 우주의 질서에는 아무런 변화도 있을 수 없다. 너무나 알 수 없는 거대한 존재이다 이 우주는!

자 그럼 이제는 우주에 대하여 생각하지 않을 수 없다!

목적과 수단

내게 대학은 아무런 의미가 없다. 사회의 일부일 뿐이다.

나는 우선 내가 살아야 하는 이유를 알 수 있어야 하고, 그 다음 그러한 인생을 기반으로 어떤 한 가지 목적을 정해야 한다.

나는 먹을 것, 입을 것, 살 곳을 위하여 살지는 않는다.

나는 어떠한 목적하에 살지 않으면 안 된다.

먹을 것, 입을 것, 살 곳은 목적이 아니라 수단이다.

그러나 대다수의 인간은 목적과 수단을 구별치 못한다.

지혜로운 자의 웃음

나는 결코 초조하게 생각해서는 안 된다. 나는 내가 가려는 길이 대다수의 인간, 95% 이상의 인간들이 가는 길과는 전혀 다른 길이라는 것을 깨닫지 않으면 안 된다.

나는 남들 거의 모두가 나를 비웃고 있으리라 생각한다.

그러나 현재로서 그러한 비웃음은 단지 가능성에 의한 것일 뿐, 그 비웃음이 지혜로운 자의 웃음이었는지, 혹은 어리석은 자의 웃음이었는지는 앞으로의 나의 생활의 결과에 의해 분명히 구별될 것이다. [2. 15.]

꿈이 크면 클수록 그것에 요구되는 고통과 눈물은 더욱 큰 법이다. 새로운 길을 찾아 개척해 나가는 인간은 필연적으로 외로울 수밖에 없다. 다수의 인간이 걷는 길은 외롭지는 않다. 그러나 그곳에는 창조가 있을 수 없으며, 단지 모방과 거듭되는 평범한 생활, 습관의 반복이 있

을 뿐이다. [2. 16.]

미래를 상실한 인간

지금 세대의 대다수의 인간은 오직 '돈'만을 위해 산다. 인간으로서의 정신적 德은 어디서도 찾아볼 수 없다. 수십억의 인간들이 매일같이 분주히 활동한다. 그러나 그들의 목적은 오직 한 가지 '돈' 그리고 '性' 혹은 권력 명예 그런 것들이다.

그들은 영원한 것을 버리고 순간적인 것을 취한다.

도대체 무엇이 원인이 되어 이러한 사회가 형성되었을까? 인구에 대한 물자의 부족인가? 아니면 급격한 자연 과학의 발전인가? 그 원인이 규명되어야 하고, 새로운 사회 개혁이 일어나야만 한다.

지금의 인간들은 아무런 생각 없이 내달리고 있다. 그들에겐 그들이 도달하게 될 목적지는 문제가 아니다. 오직 순간에 살려 할 뿐이다.

그들에게 미래란 이미 존재하지 않는다.

큰 것과 작은 것

나는 내가 옳다고 생각하는 일을 위하여 나의 생명을 기꺼이 버린다.

인간은 한번은 꼭 죽어야 한다. 죽는다는 것은 평범한 사실이지만, 수치스러운 生을 산다는 것은 영원히 잊힐 수 없는 사실이기 때문이다. 언젠가 없어질 것을 놓치지 않으려고 애쓰는 것은 어리석은 자의 추행이다.

생명을 결코 아깝게 생각하지 말라. 그것은 언젠가 떠나고 말 것이기 때문이다.

생명은 너를 버린다. 그러나 너를 영원히 떠나지 않을 것이 있다. 그것은 네가 남긴 정신적 육체적 추행의 행적이다.

너는 결코 없어질 것을 귀하게 여기지 말라.

결코 작은 것을 위해 큰 것을 더럽히지 말아라.

정신의 자유

다른 모든 인간이 짐승과 같이 살기를 원해도, 나는 하나의 인간으로 죽기를 원한다.

인간은 정신과 함께 육체를 갖고 있다. 그러나 나는 의로운 정신을 팔아서까지 육체를 위할 수는 없다. 나는 하나의 선한 인간으로서 죽는 것을 최대의 기쁨으로 생각한다. 정신은 육체보다 고귀한 것이다.

그러나 현대의 많은 인간들은 육체를 더욱 귀하게 여긴다.

그러나 나는 결코 실망하지 않는다. 아무리 많은 인간이 육체만의 안락을 추구해도, 그 반면에는 정신의 자유를 위해 투쟁하는 사람이 있으리란 것을 믿기 때문에…

인생과 그림

나는 하나의 인생을 산다. 언제까지일지는 모르나 …

나는 한 폭의 그림을 그린다.―그러나 결코 붓 가는 대로 그릴 수는 없다.

대부분의 인간은 모든 것을 붓 가는 대로 그린다.

그리고 소수의 인간은 그리고자 하는 이상이 있다.

그리고 극소수의 인간만이 그리고자 하는 것 외에 왜 그림을 그리는가? 하는 것에 대한 결론까지 가지고 있다.

무엇을 하는지도 모르는 인간.

그림을 그리고 있다는 것을 아는 인간.

왜 그림을 그리고 있는지도 아는 인간.

그러한 세 종류의 인간으로 사회는 구성된다.

그러나 이상을 실현하는 인간은 극히 드물다.

인간의 한계

우주 자연은 너무나 광대하다. 그리고 나는 너무 작다.

우주는 너무 거대하고, 나는 너무나 조그만 존재이다.

나는 하나의 인간으로 거대한, 무한히 넓은 우주의 극미한 일부로서 존재할 뿐이다.

얼마나 공허한가, 얼마나 두려운가, 그리고 얼마나 갑갑한가?!

예리하게 경쾌하게 우주를 꿰뚫으며 날고 싶다.

끝에서 끝까지… 그러나 나는 너무나 약한 존재이다.

내가 아무리 우주를 품에 안고 싶어도, 그것은 결코 불가능하리라.

단지 내가 이를 수 있는 최대의 한계점은, 자연을 무한한 우주를 있는 그대로 보고, 그 자연과 순수한 마음의 대화를 통하여 현실을 힘껏 포옹하는 것일 뿐이리라.

자꾸 날으려는 꿈을, 뛰려는 마음을 스스로 안정시키지 않으면 안 된다.

스스로 나 자신의 마음을 다스릴 수 있을 때, 나는 비로소 온 우주를 느끼고 사랑할 수 있다. 분명코 우주는 너무나 거대하고, 나는 잠시 존재하는 하나의 생물일 뿐이다.

밝고 여유 있는 마음으로 우리의 生을 가꾸자.

이제 여름도 서서히 물러가기 시작했다. 가을이 다가오고 있다. 가을이 지나면 겨울이, 그 다음엔 다시 봄이, 그리고 다시 여름이, 가을이, 겨울이… 그렇게 계절은 변화하고 시간은 흐르고, 인간은 성장하고 쇠퇴하고 새 생명이 창조되고 노쇠한 생명은 잠이 든다.

인간은 잠시 무대에 등장하였다 사라진다. 언제나 활기 있게 약동하는 자연은 변함없는 그의 위력을 과시할 것이나, 인간은 쓸쓸히 사라져 가지 않으면 안 된다. 한 인간이 갈 수 있는 최대의 한계는 묵묵히 깊은 마음에서 솟아나는 미소로 자신을 살펴보고, 아름답고 여유 있게 그들 자신에게 주어진 한정된 시간을 사랑하고 아름답게 가꾸는 것일 뿐이다.

얼마나 자랑스러울 수 있는 것인가?! 우리와 같이 무능한 인간이 우주를 느낄 수 있다는 것은! 그런데 왜 인간들은 욕심스럽게도 그 우주의 주인이 되고자 하는 것일까? 아니 왜 그들이 가질 수 있는 것만으로 만족하지 못하는 것일까?

하나의 조각품, 한 폭의 그림 한 편의 시와 같은 것으로 우리는 우리의 일생을 가꾸어야 할 것이다. 밝고 여유 있는 마음으로. …

인류의 역사는 이기적 의지 위에서 변천하여 왔다.
인류의 역사상 처음은 개인의 힘이 眞理(正義)였다.
그다음은 부족 사회의 힘이 진리였고
그다음에는 도시 국가의 힘이 진리였으며
그다음으로 대규모 국가의 힘이 진리였던 것이다.

힘이 진리다.—즉 강한 자가, 민족이, 국가가 약한 개인과 민족과 국가의 자유와 재산과 처자를 약탈하여 지배하고 노예화한 사실을 말한다. 누가 이 엄연한 사실을 부정할 수 있단 말인가? 그리고 또한 어느 누구가 현대의 인간은 이미 과거의 인간과는 전혀 다른 인간이라고 감히 말할 수 있겠는가?

그러므로 넓게 멀리를 내다보고 관찰할 때, 인류의 사회는 과거와 마찬가지로 현재 역시 각 개인과 민족과 국가가 각자 그들의 이기적인 본능, 욕망에 의해서 견제하며 투쟁하고 있으며, 앞으로도 그 투쟁의 표현 방식은 양상을 달리할 수 있으나 결국 모든 인류의 문화와 사회는 이기적 의지에 근거를 두고 변천하여 나갈 것이다.

인생이란 무엇인가? 이제 나는 그저 웃을 뿐이다.

인생이란 무엇인가?! 너무나 많이 들어왔고, 말하고 생각했던 제목이다.

그러나 이젠 그저 웃는다. 씁쓸하니 묘한 웃음을…

그리곤 이제는 '무엇을'이 아니라 '어떻게'를 찾는다. 어떻게 살아갈까 하고.

무엇이냐에 대한 결말은 영원, 무한 앞에 굴복하여, 無知 無能— 그것을 자각 함이었다.

그러므로 지금의 나는 자만심과 허영에서 깨어 현실에 눈뜨려 하고 있는 것이다.

얼마나 우스꽝스런 존재였는가?!

감히 영원한 것에 도전하였던 나라는 존재가!

그러므로 이제 내가 나갈 방향은 하나의 유한한 시간적 공간적 존재인 나 자신을 있는 그대로 살피고 알아서, 내가 소유할 수 있는 것만을 가지고 내게 존재하는 생명을 아름답게 가꾸며 창조하는 생활을 통하여…

하나의 예술적인 생. 한 폭의 위대한 그림. 한편의 영원히 빛날 시와 같은 것으로 승화시키는 길뿐이다.

인간은 영원함 가운데 존재하는 순간적 존재로,

무한함 속의 유한함, 극히 보잘것없이 작은 존재이다.

■ (3) 1971년 - 나의 현재

나의 우주관, 세계관, 인간관에 대하여

① 가장 중요한 것

우리 인간이 살아가는 데 있어서 해결해야 할 가장 중요한 문제가 있다. 그것이 해결되면 모든 것이 해결된다.

그 문제는 무엇인가?

그것은 이러한 문제이다.

즉 하나의 인간인 나는 어떠한 존재인가? 하는 문제.

나라는 존재가 어떠한 존재인지?!

어느 곳에 있는 존재인지를 아는 것.

그것은 우주를 아는 것이고,

내가 지향해야 할 목표를 아는 것이고.

내가 생을 누릴 자세를 찾는 것이다.

우주의 본질을 깨닫는 것.

내가 달려갈 목표를 찾는 것.

다시 말해 나를 아는 것.

그것은 모든 것을 아는 것이다.

그것을 아는 인간에게는 모든 회의와 의문이 없어진다.

그러한 인간의 마음에는 한없이 맑고 밝은 새로운 세계가 전개된다.

그러한 인간의 정신은 한없이 넓고 무한한 세계를 꿰뚫어 그것과 하나가 된다.

② 우주와 인간

결코 그 끝이 있을 수 없는 절대 무한의 공간

그 안에 지구가 있고, 그 위에 인간들이 있다.

결코 그 끝이 없을 수밖에 없는 절대 무한의 공간

그 안에 지구가 있고, 그 위에 내가 존재한다.

우리는 그 절대 무한의 공간을

있는 그대로 정확히 인식하지 않으면 안 된다.

그것을 깨달은 후에라야

우리 자신을 바로 볼 수 있기 때문에

③ 인간 능력의 한계와 가정(假定)

과거의 인간들은 가정하기를 좋아했다.
그들은 그들 능력의 한계점에 도달하면 그 한계점 뒤의 세계를 그들 편리한 대로 상상해서는 그것을 믿으려 했다.

왜 그들은 그러한 길을 택했을까?
미지의 세계를 미지(未知) 그대로 두기에는 그들이 너무 약했기 때문일까?
아니면 그들의 의식 구조가 무한이란 것을 용납하지 않았기 때문일까?

아무튼 우리 인류가 지금까지 계속 쌓아 온 지식, 이성적 사고력의 가치를 부정하지 않는 한에서, 위의 문제와 관련되는 몇 가지 명확한 사실이 있다. 그것은…

첫째, 우리 인간들은 우리들이 접하고 있는 자연과 우리들 주변에서 일어나는 모든 물리적, 자연적, 사회적 현상에 대하여 왜?라는 의문을 가지고 그것의 원인-본질을 분석, 이해하려는 욕망(본능)을 가지고 있다는 것.

둘째, 그 모든 것을 알려는 욕망은 최종적으로 무한한 우주 공간의 본질을 이해하려는 단계에, 그것의 생성(生成)에 의문을 갖게 되는 단계에 이르게 된다는 것.

셋째, 하나의 작은 공간은 큰 공간에 포함되고, 큰 공간은 더 큰 공간에 포함되므로… 다시 말해 하나의 한정된 공간은 그보다 더 큰 공간 안에 존재할 수 있기 때문에, 우리의 유한한 지구가 포함된 우주 전체는 결코 유한한 공간일 수 없다는 것.

그러므로 위의 세 가지 사실을 종합할 때, 유한한 생명을 가진 인간이 그들 주위에서 항상 유한한 사물과 접하게 되는 데서… 모든 것은 유한하리라는 의식 구조(신념)를 갖게 되었는데, 우주가 무한할 수밖에 없다는 사실에 접하게 되자 가정(假定)이라는 수단을 통하여 그것을 유한한 것으로 만들었다는 결론이 나온다.

위와 같은 생각에서 나는 신의 존재를 믿지 않는다. 그러나 내가 신을 믿지 않는다는 것이, 내가 신의 존재를 부정한다는 것을 뜻하는 것은 물론 아니다. 우주 만물을 무한한 것으로서… 우리 미력(微力)한 인간에게 이해될 대상이 아니라고 믿고, 그것을 무한 그 자체로서 받아들이려고 하는 내가 어찌 그 불가해한 세계에 대해 왈가왈부할 수 있겠는가?

그러면 이제 나는 우주, 자연에 대한 나의 견해를 결론적으로 말하겠다.

나는 그것(우주, 자연)은 절대 무한한 공간으로, 우리 유한한 인간들은 그 우주 전체를 무한한 그 자체대로 받아들일 것이지… 구태여 그것에 어떤 한계를 가하기 위해서 '가정'이라는 수단을 사용하지 말아야 할 것이라고 생각한다.

④ 인간은 어떠한 존재인가?

그러면 우리 인간은 어떠한 존재인가?

나는 이렇게 생각한다. 즉 인간은 그 시작과 끝을 알 수 없는 우주, 그 한가운데에 자리 잡고 있는 유일한 지구상에 존재하는 지적인 동물이라고.

과거의 인간들은 우리 지상의 인간이 우주 전체에 있어서 가장 가치 있고, 그 중심이 되는 존재라고 믿어 왔으나 그것은 일종의 환상이었으리라 믿어지며, 또한 그들이 인간의 영혼을 영원한 것이라고 믿었던 것 역시 죽음이라는 한계를 갖고 있는 인간들이 거기에서 초래되는 허무-공포 등을 해소시키려는 일종의 도피적인 가정이 아니었나 생각되는 바다.

아마 어떤 사람은 위와 같은 견해에 대하여… 인간에게서 영원한 세계가 있으리라는 희망! 그것을 빼앗는다면 인간은 무엇을 위하여, 무엇에 의지하여 살아가겠느냐고?! 그러한 희망을 상실한 인간 이상으로 비참한 존재는 없으리라고! 반박하리라.

그러나 나는 그러한 항의에 대하여 이렇게 다시 반문하고 싶다.

즉 왜 인간에게 영원한 생이 없을 때 인간은 비참한 존재가 된다고 생각하느냐고?!

그렇게 생각하는 것은 유한한 생-죽음을 인식하는 데서 발생되는 공포심, 그것 때문이 아니겠냐고?!

죽음과 동시에 無로 돌아가는 것이 인간의 참된 모습이라면, 그것을 기꺼이 즐거운 마음으로 받아들여야 하지 않겠느냐고?!

사실 나는 그러한 문제-즉 인간이 우주의 모든 것 가운데 가장 가치 있는 존재일지?! 인간의 정신이 영원히 존재할 수 있는 것인지?의 문제는 나의 논리적 이성으로는 도저히 이해할 수 없는 문제라고 생각한다.

그러나 나는 그러한 모든 문제를 결코 가정에 의해 해결하고 싶지는 않다. 가정한다는 것 그것은 일종의 체념이 아니겠는가?

나는 모든 것을 정면에서 맞고 싶다. 내게 있어서 체념-절망, 그것은 죽음 이상으로 괴로운 것이다.

⑤ 우리는 어떻게 살아야 할 것인가?

왜 우리의 선조들은 그들의 이성, 지성(知力)으로 해결될 수 없는 문제들을 그대로 놓아두지 않았을까? 그들에게는 무한이란 것이 용납될 수 없었을까?

왜 그들은 가정(假定)을 세웠을까?
자연의 거대한 힘에 두려움을 느꼈기 때문일까?
그들 자신을 의지하기에는 그들의 용기가 부족하였던 것일까?

왜 그들은 불가능한 것을 불가능한 그대로 인정하려 하지 않았는가?
왜 그들은 그들 능력 안에 있는 것에 만족하고 그것을 가꾸는 데 몰두하지 못했던가?!

내가 기독교적 가치관에 회의를 품고 그것을 논리적 이성에 의해 과학적으로 분석하기 시작했을 때, 나는 우주 전체를 지배하고 있을 어떤 절대적 진리, 그리고 인간의 생의 목적을 찾으려 했었는데… 그것은 무언가 어떤 절대자가 있으리라는 무의식적인 가정에 의한 태도였다.

왜 우리들은 당연한 듯이 가정을 하고 그것을 믿으려 하는가? 왜 우리의 이성 두뇌-지혜에 이해되는 것만으로 만족하고, 먼저 우리 주변의 일들을 하나하나 해결하면서 모든 불가능에 접근하려 하지 않았을까?

우리 인간은 좀 더 강한 의지력을 가지고 용감하게 우리 자신을 직시하며 우리 앞에 가로놓여 있는 모든 한계를 정면에서 포옹해야 하지 않겠는가?!

좀 더 큰 용기를 가지고 우리의 영역 안에 있는 것을 좀 더 멋있게, 좀 더 아름답게 가꾸려 해야 하지 않겠는가?

좀 더 큰 용기를 가지자.

좀 더 지혜로워지자.

우리가 죽음과 동시에 無로 돌아가는 존재에 불과하다 해도 무엇이 두렵겠는가? 그러한 것이 우리 인간들 본연의 모습이라면 기꺼이 즐거운 마음으로 그것을 받아들여야 하지 않겠는가?

과거에 우리 인간들은 죽음이라는 장벽에, 불가해한 무한의 세계에 도달하여 어떤 절대적인 존재에 모든 것을 의탁했다. 그러나 이제 우리 인간은 그러한 일종의 체념적인 생활에서 벗어나 의연(毅然)히 스스로 존재해야만 할 것이다.

⑥ 내가 지금 이 글을 쓰는 이유

지금 내가 위와 같은 글을 쓰는 이유는 현재 생존하고 있는 나 자신의 생을 세상의 어느 것보다도 가치 있고 귀한 것으로 만들어 보려는

의도에서인데,

내가 신, 우주에 대한 나의 의견을 피력하는 것은 참된 신관, 우주관을 가지므로 우리 인간 본연의 모습을 파악할 수 있고, 우리 자신의 본질, 위치를 깨닫는다는 것은 세상의 모든 것 중에서 가장 가치 있고 귀한 것을 갖게 되는 것으로, 그러한 것을 깨달은 인간은 이미 순간에 사는 존재가 아니라 무한-영원할 수밖에 없는 우주와 하나가 되어 우주가 그러한 인간의 정신(마음) 속에 들어가므로, 자신이 우주의 영원성을 그 자신의 것으로 만들 수 있으리라는 생각에서다.

그러면 이제 나는 나의 과거의 수필과 이 위에 쓴 약간의 글을 통하여 이글을 보는 분들에게 나의 우주관 인간관의 대체적인 윤곽(輪廓)이 전달되었으리라 믿어지므로…

먼저 독립된 한 개인으로서 내가 누릴 생에 대하여,

그다음에는 많은 인간들이 모여 이룬 사회의 구성원인 내가 누릴 생에 대하여 이야기하겠다.

⑦ 하나의 독립된 개체인 내가 누릴 生

그러면 먼저 나는 하나의 독립된 개체로서의 내가 취해야 할 바람직한 생활태도, 내가 지향해야 할 목표에 대한 나의 생각을 말하겠다.

나는 나 자신을 구성하는 육체와 정신을 내 능력이 허용하는 한에서 좀 더 순수한 것으로, 좀 더 아름다운 것으로, 좀 더 강한 것으로 다듬어야 할 것이고, 나의 정신과 육체가 요구하는 것을 이상적인 절제 속에서 자연스럽게 충족시켜 나가는 삶을 누려야 할 것이며…

무한, 영원할 수밖에 없는 우주를 받아들이는 나의 마음가짐은 구태여 어떠한 가정을 세워서 나의 이성-지혜가 미치지 않는 미지의 세계를 규정지으려는 것이 아니라…

현재의 나로서 이성적인 해결이 불가능한 문제는 불가능한 그대로 놓아두고, 나의 일생을 통하여 진지하고 겸손한 태도로 끊임없이 그 미지의 세계를 파악하려고 노력하는 것이어야 할 것이고,

아마도 현 시점에서, 나는 그 절대 미지의 세계를 나와 대치된 세계로서 극복해야 할 대상이라고 보아서는 안 되고, 그 무한한 세계 그대로를 내 마음 속에 받아들이므로, 그 무한 영원한 세계의 영원성을 나 자신의 것으로 만들기 위해 나 자신의 모든 공포심 편견 등을 극복해야 할 것으로, 나 자신을 극복해야 할 대상으로 보고 나 자신과의 투쟁에서 승리하기 위해 나의 전력(全力)을 집중시켜야 하리라 믿어진다.

⑧ 나의 세계관

그러면 이제 나는 사회, 국가, 인류라는 큰 집단의 한 구성원인 나로서 누려야 할 생에 대하여, 공적인 내가 지향해야 할 목표에 대하여 생

각해 보겠다.

인류라는 큰 집단의 구성원인 나로서 추구해야 할 최대, 최고의 목표는 인류 전체의 행복, 번영이며 세계의 평화이다. 우리 인류는 우리 자신을 그리고 우리의 영역 안에 존재하는 모든 자연을 가꾸고 다듬어, 우리의 정신과 몸이 갈망하는 것을 상호 간에 해를 끼침이 없는 절제 속에서 자연스럽게 충족시키는 삶을 누려야 할 것이다.

그러나 아직까지도 인류 사회의 평화를 위협하는 일들이 세계 도처에서 끊임없이 발생되고 있다.

왜 인간들은 서로 질시하며 증오하고 있는가?

왜 그들은 서로의 행복 증진을 위하여 손을 맞잡지 아니하는가?

왜 꼭 상대를 밟고 그 위에 올라서지 않으면 자신이 밟히고 말 것이라고들 생각하고 있는가?

왜 그들은 그들의 가족, 사회, 민족-국가는 아끼고 사랑하면서…

왜 같은 인간들로 이루어진 타민족, 국가는 증오하는가?

왜 자신의 국가 민족 내에서 지방간의 파벌 의식을 갖고 있는 사람들을 보면 편협한, 저열한 인간들이라고 멸시하면서도 타민족 국가에 대하여는 그들의 자유 권익을 힘으로라도 침해하는 것을 자랑스럽게 생각하고 있는가?

너무나 어리석은 인간들이다. 조금만 더 마음을 넓게 가져도 될 것을…

조금만 더 시야를 넓게 가져도,

우리 인류의 사회는 하나로 통합되어 국가와 국가, 민족과 민족이 한 이웃과 같이 화목하게 지낼 수 있을 것이다.

어찌 이 좁디좁은 지구상에서… 이 넓지도 않은 지구상에서…

왜 서로를 짓밟지 못하여 전전긍긍하고 있는가?

⑨ 세계의 평화를 위해 우리가 극복해야 할 것

그러면 이제부터 나는 평화로운 세계를 건설하는 데 있어서, 우리 인간들이 극복해야 할 문제점에 관한 나의 어린 의견을 피력해 보려 한다.

내가 보건대 인류가 지상에 나타난 이래, 지금 현대에 이르기까지 인간이 경험해 온 사회적(外的)인 투쟁은 대체로 세 가지 원인에 의한 것으로 분류되는데,

그 첫째는 단순한 동물로서의 '생존본능'에 의한 것이고

둘째는 '이기적 욕망'에 의한 것이고
셋째는 '가치관(사상)에 대한 폐쇄적 집념'에 의한 것이다.

즉 투쟁(싸움)의 제1차적인 단계는
'생존본능'에 의한 투쟁이라 볼 수 있는데, 그것은 다시
㉠ 생존하기 위한 투쟁
㉡ 생존에 대한 위협을 제거하기 위한 투쟁으로 나눌 수 있을 것이다.

㉠ 생존하기 위한 투쟁은 식량의 부족, 거주지의 확보 등의 문제로 싸움을 하여 확보하지 않으면 생존할 수 없는 상황에서 비롯되는 싸움이며
㉡ 생존에 대한 위협을 제거하기 위한 싸움은 물질적 조건이 생존하기에 충분히 갖추어져 있기는 하나, 어떤 타 집단, 타 세력과 대치된 상태에서 자신의 집단, 세력의 힘이 상대방의 힘에 눌리게 될 경우 초래될 생명, 재산, 가족에 대한 위협을 미연(未然)에 제거하기 위하여 경계하고, 적절한 기회를 포착하여 선제공격을 가하는 데서 초래되는 싸움을 말한다.

그리고 투쟁의 제2차적인 단계는
'이기적 욕망'에 의한 투쟁이라 볼 수 있는데
그것은 자신이 생존하기에 필요한 모든 조건이 갖추어져 있고, 또 자

신이 생존에 아무런 위협도 느끼지 않는 상태에서 발생되는 것으로, 각 개인 그리고 집단이 결코 한이 없는 그들의 정신적 육체적 욕망을 충족시키려는 '이기적 욕망'에 의해 초래되는 싸움이다.

마지막으로 투쟁의 제3차적인 단계는
'가치관(사상)에 대한 폐쇄적 집념'에 의한 것으로
자신이 확신하는 우주(종교)관, 세계관, 사회, 국가관 등에 강한 집념을 가지고, 그것에 반하는 어떠한 사상도 용인하지 않으려고 하는 데에 기인하는 싸움이다.

대체로 위의 세 가지 원인에 의해 세계의 불안과 공포가 조성되리라 믿어지므로, 이제 나는 그러한 문제들의 비합리성을 지적하므로 우리가 그러한 문제를 극복해야 함을 강조하려 한다.

먼저 '생존본능'에 의한 싸움에 대해 살펴보겠는데, 이것은 주로 인류의 문화가 아직 미개한 상태에 있었을 때에 작용한 원인으로 당시 인간의 한정된 사고력, 아직 초보적 단계에 있었던 자연 지배력 등의 문제로, 과거에 있어서는 시대적 조건에 의해 초래된 필연적인 결과였다고 보이나…
그 과거의 본능적 생활을 영위한 인간들이 갖고 있었던 사고방식, 상대방의 세계를 파괴하지 않고서는 자신이 생존할 수 없다는 것이 현대 인간들의 의식 구조에 아직 잔존하고 있는 것에 문제가 있을 것 같다.

그러나 그러한 사고방식은 의심할 여지없이 비합리적인 것이다. 현대와 같이 과학기술이 발달된 세계에 있어서는, 인구증가를 적절히 억제함으로써 우리 인간들은 서로를 해치지 않고 상호 협조하는 데에서, 더욱 큰 행복 번영을 누릴 수 있는 것이며…

사실 이러한 것을 그 이유로 든다는 것이 달갑지는 않으나, 현대의 고도로 발달한 파괴무기를 감안하더라도 우리 인간은 이제 과거의 생활에서 비롯된 양자택일(兩者擇一) 식의 사고방식을 버리지 않으면 안 된다.

그러면 이제 '이기적 욕망'에 의한 싸움에 대해서, 그러한 욕망이 최대한으로 억제되지 않으면 안 된다는 것, 그리고 억제될 수 있으리라는 것에 대해 이야기하겠다.

자기 자신의, 가족의, 사회-민족-국가의 이익, 행복을 우선적으로 추구하려는 것은 우리 인간들에게 공통된 본능적 욕망이다. 그러나 그러한 욕망이 절제 가운데서 충족되지 않는다면 인간의 사회는 도저히 상상도 못할 정도로 문란해질 것이다. 어찌 자신이 아끼는 것을 빼앗기고도, 자신의 권리 자유를 침해당하고도 아무런 감정의 변화도 느끼지 않을 인간이 있을 수 있겠는가?

그러므로 우리는 우리의 세계에서 증오와 분노, 불안과 공포를 없애기 위해서, 우리의 이기적 욕망을 신중(愼重)한 절제 가운데서 자연스럽게 충족시켜야 할 것이며,

유한한 물질에 대한 욕망보다도 무한한 정신세계를 향한 욕망에 더욱 큰 비중을 두는 것이 타인에게뿐만 아니라 자기 자신에게도 유익하다는 것을 깨달아야 할 것이다.

그러면 이제 끝으로 '가치관에 관한 폐쇄적 집념'에 의한 싸움이 어리석은 것이라는 것을 말하겠다.

내가 어떤 한 인간이 자기 자신이 확신을 갖고 있는 가치관(사상) 이외의 어떠한 사상도 배격하는 것을 어리석은 짓이라 함은,

인간이 너무나 무력한 존재라는 생각에서이다.

어떠한 인간이라도 무한한 우주를 인식하게 될 때, 자신의 능력에 절대적 자신을 가질 수는 없을 것이다. 모든 것의 근본이 되는 문제에 대해서 가정이라는 수단에 의해서만이 결론을 내릴 수 있는 인간이, 어찌 자기 자신의 판단만이 절대로 옳다는 생각을 가질 수 있겠는가?

가정(假定)은 가정일 뿐이지 결코 의문의 여지가 없는 명백한 사실은 아닌 것이다.

그러면 이상 내가 추구하려는 목표에 대해서 그리고 그것에 이르는 길을 가로 막고 있는 문제점과, 그러한 문제점이 인간의 어리석음에 기

인하고 있다는 것에 대한 나의 의견을 피력한 것으로, 공적인 내가 지향해야 할 목표, 세계를 받아들이는 나의 마음가짐에 대한 설명을 마치려 한다.

내가 나의 우주 - 세계 - 인간관을 어떠한 자세로 갖고 있을 것이며, 타인의 신념을 어떠한 눈으로 볼 것인가에 대하여

① 나는 나 자신의 판단-신념에 의해 살 것이다.

한 인간이 어떠한 문제에 대하여 결론을 내릴 때, 그는 그 결론이 가장 정확한 것이라고 생각한다.

마찬가지로 내가 우주-세계-인간에 대하여 내 나름대로 정의할 때 나의 판단이 다른 어떤 판단보다도 정확한 것이라고 생각함은 당연한 일이다.

그러나 나는 나의 가치관(사상)이 가장-절대적인 것으로 옳은 것이라고 주장하지는 않겠다.
왜냐? 그것은 내가 나 자신을 완전한 존재로 보지 않기 때문이다. 어찌 자기 자신을 완전한 존재로 보지 않는 인간이 어떤 한 가지의 생각만이 옳다고 주장할 수 있겠는가?

그러나 물론 내가 나의 생각이 가장 옳다고 주장하지 않는다는 것이, 내가 나의 가치관에 의하여 행동하지 않으리라는 것을 뜻하는 것은 아니다.

한 인간이 행동을 할 때에, 그는 먼저 자기 자신 속에 갖고 있는 어떤 기준에 의해 마음속에서 어떤 결정을 내리지 않으면 안 된다. 너무나 당연한 이야기지만 인간의 모든 행동을 지배하는 것은 그의 마음-정신인 것이며 그의 마음은 그가 가지고 있는 어떤 기준-가치관에 의해 모든 것을 판단-결정한다.

그러므로 인생이란 것이 어떤 결단의 연속으로 풀이될 수 있는 한, 나는 항상 선택 -결정하지 않으면 안 되므로, 나는 내가 어떤 결정을 내려야 할 입장에 서게 되면, 조금도 주저치 않고 그때에 내가 갖고 있는 가치관에 따라 결정-행동할 것이다.

② 모든 인간은 자기 나름대로의 세계-가치관을 창조할 뿐이다.

우리에 앞서 살다 간 많은 철인(哲人) 성인들이 있다.

그들은 각자 그들 나름대로 우주-세계를 분석하였고, 인간이 나아갈 길을 밝혔다. 그런데 왜 그렇듯 지혜로웠던 인간들이 깨달은 우주 만물의 이치는 서로 상이한가?

나는 그 상이하다는 사실에서, 그리고 내 자신 그러한 것을 찾아보려고 노력하였던 경험에 의해서, 결국 인간이란 그러한 문제의 해결을 위해서 치루지 않으면 안 되는 극심한 정신적 고뇌를 통하여, 제 마음-정신 속에 자기 나름대로의 세계를 창조-이룩할 뿐이지 결코 우주 만물을 보고 거기에서, 즉 외부의 세계에서부터 어떤 원리를 발견하지는 못하는 존재라 생각한다.

그러므로 나는 내 나름대로 세계-모든 것을 분석하고 거기에서 얻어지는 결론-가치관에 의해 세상을 살아 나갈 것이며, 단지 나와 생각이 같지 않다 해서 남을 우습게 생각하지 않을 것이고, 항상 진지하고 겸손한 태도로 나의 세계와 남의 세계를 비교해 보고, 남의 세계에 내가 미처 알지 못하던 것이 있다면 그것을 아껴주고, 내 세계를 좀 더 깊이 있고 아름다운 것으로 만들기 위해 흡수할 것이다.

나는 나의 정신세계를 다른 무엇보다도 사랑한다.

나는 나의 세계를 좀 더 귀한 것으로, 좀 더 아름답고 순수한 것으로 가꾸기 위하여 끊임없이 노력할 것이다.

어떠한 자세로 나는 살아갈 것인가?

① 내가 나아가야 할 목표를 찾아 전진하는 내게 필요한 것은 아무것도 없다.

나는 먼저 내가 향하여야 할 목표를 정하겠다.

그리고 일생 동안 그 한 가지 목표를 향하여 전진하겠다.

그 목표를 정하는 데 있어서

그것이 인간에게 가능한 것인가? 또는 나의 생존 시에 성취될 수 있는 문제인가?!, 따지지 않겠다. 단지 나는 그것이 나로서 추구해야 할 최고의 가치를 갖고 있는 목표인가? 하는 것만을, 내가 지향하지 않으면 안 될 방향인가만을 따져 보겠다.

그것이 내가 나의 모든 것을 바쳐 추구할 만한 가치를 갖고 있는 것이라면, 내가-인간이 지향해야만 할 유일한 목표라면, 무엇이 나의 길을 막을 수 있겠는가?

인간으로서의 한계라는 것이 막을 것인가?!

나의 생존 시에 성취할 수 없는 목표라는 것이 나의 뜻을 꺾을 수 있을 것인가?!

아무것도 내가 나아가는 길을 막지 못한다.

내게 있어서 나의 진실된 마음이 향하는 목표를 향해 나아간다는 것!

그것이 가장 중요한 것이다.

나의 진실된 마음이 추구하는 목표를 향하여 나아간다는 것!

내게는 그것이 가장 만족스럽고 즐거운 일이다.

내가, 내가 목표로 한 곳에 이르지 못한다는 것!

그것은 내겐 별로 중요한 문제가 되지 못한다.

나는 내가 나아갈 목표-길을 밝혀 보고 그것을 향해 끊임없이 전진하는 것!

그것만으로 만족한다.

설사 내가 도중에서 쓰러질 수 있다 해도 나는 기꺼이 전진 할 것이다. 내가 나아가야 할 목표, 그것을 찾아 전진하는 내게 필요한 것은 아무것도 없다!

설사 내가 도중에서 쓰러진다 해도,

그때의 내게는 아무런 불만도 아쉬움도 있을 수 없다!

② '우리가 할 수 있는 일', '우리가 해야 할 일'

과거의 인간들, 그리고 현대의 인간들 역시 어떠한 목표를 정하기 전에, 항상 그것이 가능한 것인지를 따져 보는 습관이 있는 듯하다.

다시 말해 그들은 무의식적으로 먼저 그들이 갖고 있는 어떤 절대적 한계를 찾은 후에 자신이 추구할 목표를 찾으려 하는 것 같다는 말이다.

그러나 나는 그렇게 살고 싶지 않다.

우리 인간이 극히 무력한 존재인 것은 사실이나, 나는 인간이기에 극복하지 못할 한계점을 먼저 찾아, 그 안에서 나의 목표를 설정하고, 생을 계획하고 그것에 의해 살아가고 싶지는 않다.

나는 결코 내 능력의 한계가 어디에 있는가를 먼저 찾지 않겠다.

나는 가장 먼저 내가 추구해야 할 목표-이상을 찾겠다.

그리고 그다음에 그 목표에 이르는 길을 가로막고 있는 장애물을 살펴보고, 그것을 가까이에 있는 것부터 하나하나 해결하면서 그 목표에 한 걸음 한 걸음 접근하여 가겠다.

나는 결코 현재에 내가 극복할 수 없는 문제라 해서, 그것을 절대 불가능한 문제로는 규정짓지 않겠다. 현재에 불가능한 문제라고 언제까지나 불가능한 문제일 수는 없지 않겠는가?

나는 결코 불가능이란 것을 인정하고 싶지 않다.

내가 일생을 노력하여도 해결 못 할 문제들이 계속 남으리라는 것은 너무나 명확한 사실이나, 내가 최후의 순간까지도 해결 못한 문제라 해서 절대로 해결 불가능한 문제일 수는 없는 것이다.

나는 나의 일생을 통하여 소위 불가능이라고 불리는 것을 하나하나 가능한 것으로 만들기 위해 끊임없이 그것에 도전하겠다.

"우리가 할 수 있는 일이 무엇인가?"라고 지금까지의 인간들은 말해 왔다.

그러나 앞으로의 인간들은 이렇게 말해야만 될 것이다.

"우리가 해야 할 일이 무엇인가?!"라고.

3.
역사철학(歷史哲學)과 현대문명(現代文明)에 대한 일고(一考) [1978. 10. 20.] [대학졸업논문]

결론(結論) - 164

1) 타(他) 사상, 종교, 신념체계에 대한 관용(寬容)

2) 인종적, 민족적, 국가적 적대 감정에서의 탈피 :

세계주의로의 지향

3) 세계에 대한 동양의 우주순환론적 이해: 직관에 의한

자연, 우주와 인간의 合一

4) 진리(眞理)에 대한 성실성(誠實性)

서언(序言)

인간은 의미를 추구하는 동물이다. 자연(우주)의 의미, 사회의 의미, 인간 존재의 의미 등 우리 인간이 보고 느끼는 본질을 깨우쳐 알려고 하는 것이 우리 인간의 특이한 본성이다. 또한 인간은 사회적 존재로서 살아가는 순간순간에 끊임없는 행동의 선택, 도덕적 선택을 행하고 있다. 이러한 인간의 본성은 인간이 자연의 위협을 어느 정도 극복하게 된 이후에 구체화된 성질이나 일단 인간이 자연에 능동적, 능률적으로 적응할 수 있게 된 이후, 인간은 끊임없이 그들의 인식대상 모든 것에 대해 의문을 갖고, 그 대상의 배후에 있을 어떤 초인간적 의지나 그것을 지배하는 보편적 진리에 대한 탐구를 계속하여 왔던 것이다.

그것은 처음에는 원시적 종교로서 형성되었다가 이어 논리적-직관적 인식에 의한 철학적 사유(思惟)의 과정과 다양한 고차원적 종교의식의 과정을 거쳐 확대되었으며, 근대에 이르러서는 과학적 인식 원리와 역사적 인식 원리에 의해 크게 영향을 받게 되었다.

인간의 모든 정신적, 학문적 노력은 반드시 어떤 목적의식하에 진행된다. 목적의식을 갖는다는 것은 과거와 현재, 미래를 의식할 수 있는 인간의 지적 특성, 특히 미래에 대한 방향 감각을 확립하려는 인간의 본성에서 비롯된 것으로, 미래를 의식하는 인간은 그들의 모든 행위와 생활의 방향을 확정 짓기 위해 어떠한 목표를 설정하지 않을 수 없는 것이다.

그러므로 본고(本稿)의 취지는 역사적으로 인간의 지적 탐구의 최대 관심사가 되어 온 우주(자연), 사회 그리고 인간 그 자체에 대한 인간의 여러 가지 해결책—인식 체계에 대한 고찰을 통하여 현재 인류가 처한 위치를 확인해 보고, 미래의 방향 설정을 위해 필요하다고 생각되는 몇 가지의 이상적인 원칙을 생각해 보려는 것이며, 현재 심각한 위기의식 하에서 평가되고 있는 현대문명의 여러 가지 난제를 밝혀보고 그 해결을 위한 방안을 생각해 보고자 하는 것이다.

이러한 목적하에 나는 먼저 오늘날 큰 관심하에 논의되고 있는 역사철학에 대하여 그 의미, 가치 및 목적에 대해 생각해 보고, 다음으로 인류 역사상 중요한 비중을 차지했던 몇 가지의 세계에 대한 역사철학적 인식을 생각해 볼 것이며, 이어 흔히 위기로 평가되는 현대문명의 몇 가지 난제와 그것의 해결에 필요하다고 생각되는 원칙에 대해 생각해 보고자 한다.

인류의 역사상 많은 가치 기준에 대한 결정적 단안(斷案)이 행해져 왔다. 그러나 그러한 모든 결단은 상대적인 것이었다고 믿어지며, 인간의 모든 행위는 아직 완성을 향한 과정에 있다는 믿음에서, 또한 모든 사유에는 항상 종합적 판단이 따라야 한다는 생각에서, 나는 이와 같은 구상을 하게 되었던 바, 이하에 서술하는 모든 논의는 단지 참을 향한, 더욱 밝고 맑은 미래를 향한 조그마한 의지로 평가되기 바란다.

I 역사철학의 의미와 목적에 대하여

1) 역사철학의 의미(정의)

역사철학이란 용어의 기원과 개념의 변천

역사철학이란 어떠한 학문인가를 밝혀 보기 위해서는 우선 그 용어가 사용되기 시작한 시기와 그것이 사용되었을 때 가지고 있었던 의미를 파악해 보는 것이 필요하다. 역사철학은 서양에서 형성되기 시작한 학문의 일 분야로 콜링우드(R. G. Collingwood, 1889-1943)의 분류에 따르면 역사철학이라는 명칭은

① 18세기 프랑스의 볼테르(Voltaire 1694-1778)에 의해서 창시되었는데, 그의 역사철학이란 말은 비판적 또는 과학적 역사학을 의미하는 데 불과하였다. 즉 역사가가 고서(古書)에서 발견한 모든 이야기를 반복하는 것이 아니라 역사가 자신이 결단을 내려서 얻은 역사적 사고의 일형식(一形式)을 의미하는 데 불과하였다.

② 18세기 말 헤겔과 그 밖의 저술가들은 이 명칭에 다른 의미를 부여하여 그것을 보편사(普遍史) 또는 세계사를 의미하는 것으로

생각하였다.

③ 19세기의 몇몇 실증주의자들에게 역사철학은 역사가가 상술(詳述)하지 않으면 아니 되는 모든 사건의 과정을 지배하고 있는 일반법칙을 발견하는 것이었다.

한편 모든 사건의 과정을 지배하고 있는 일반법칙을 발견한다는 실증주의자들의 견해는 '인류문명에 있어서 견실한 진보의 가능성에 대한 신념과, 과학적 지식의 정밀성과 확실성에 대한 신념'을 기반으로 한 것이다.

이러한 실증주의적 역사철학에 대하여 콜링우드는 '법칙과 가정의 복잡한 체계에 따라서, 자료를 해석한다는 과정을 거쳐 추리적으로 이루어진 역사적 사실'에 대해 '역사학적 인식론에서는 이러한 법칙과 가정이 어떠한 것인가 하는 것을 밝혀내야 하며 또 그 법칙과 가정이 어느 정도로 필연적인 것이며 정당한 것인가 하는 것을 문제로 삼아야' 함에도 불구하고 실증주의 역사가들은 이러한 것을 모두 무시하였다고 주장하였는데,

이것은 '무의지적 인과법칙의 연속으로 이루어지는 자연과학의 대상으로서의 비역사적세계'와 '인간의 정신력의 발현인 유의지적 정신과

학의 대상으로서의 역사적 세계'를 구별한 콜링우드의 견해의 일면으로서, 이러한 콜링우드의 견해는 서양의 철학적 전통이 중세의 신학 중심에서 16-19세기의 자연세계의 보편적 원칙에 대한 관심을 거쳐, 드디어 역사 전개의 중심으로서의 인간의지—인간정신의 역할을 중시한 현대 역사철학에로의 전환을 상징하는 것으로 생각된다.

역사철학에 대한 정의

역사철학이 무엇을 의미하고 있는가에 대해 생각하기 위해선 우선 역사의 본질(대상, 방법, 가치)은 무엇이며, 철학의 본질은 무엇인가에 대해 검토할 필요가 있다고 생각된다.

그러면 먼저 역사에 대해 '역사란 무엇인가? (本質)', '그것은 무엇에 관한 것인가? (對象)', '그것은 어떻게 진행되고 있는가? (方法)', '그것은 무엇에 관한 것인가? (價値)'라는 네 가지 명제로 역사를 분석한 콜링우드의 견해를 통하여 역사에 관한 이해에 접근해 보겠다.

콜링우드는 먼저 사고(思考)의 한 특수 형태로서의 역사에 대한 해석은 다음의 두 가지 자격을 가진 인물이 할 수 있다고 말했다. '첫째 그는 이와 같은 형태의 사고에 대해서 경험을 가진 자이어야 한다. 즉 그는 역사가이어야 한다.

제2의 자격을 가진 사람이란 역사적 사고에 대한 경험이 있을 뿐만 아니라, 그 경험에 대한 성찰을 할 수 있는 사람이다. 즉 그는 역사가일 뿐만 아니라 철학자이기도 해야 한다.'

이상의 두 가지 조건을 제시한 후에 콜링우드는 위의 네 가지 명제에 대해 논의하였는데 그것은 다음과 같다.

① 역사학의 정의(定義) : 과학은 의문을 제기하고 그에 대한 해답을 얻고자 하는 사고의 형태이며, 우리가 알지 못하고 있는 어떤 것에 집착해서 그것을 발견하고자 하는 노력으로 구성된다. 따라서 미지의 사물에 대한 일종의 조사 또는 연구인 역사학은 일종의 과학이다.

② 역사학의 대상 : 역사학이란 인간행동의 과학 즉 과거에 있었던 인간행위에 대한 연구이다.

③ 역사학은 어떻게 진행되는가? : 역사적 과정 또는 방법은 현재 여기에 존재하고 있으며, 역사가가 이에 대해서 사고함으로써 그가 과거 사건에 대하여 묻고 있는 질문에 대한 해답을 얻을 수 있는 기록문서, 즉 증거의 해석으로 진행한다.

④ 역사학의 목적은 무엇인가? : 역사학은 인간의 자아인식을 위한 것이다. 인간이 자기를 인식한다는 것은 인간에게 중요하다고 일반적

으로 생각되고 있다. 여기서 자기를 인식한다는 것은 단순히 자기의 개인적 특성, 즉 타인과 자기를 구별한다는 것이 아니라, 인간으로서의 자신의 본성을 인식한다는 것을 의미한다.

그리고 역사학의 가치는 그것이 인간이 무엇을 해 왔는가? 그리고 인간이 무엇인가? 하는 것을 우리에게 가르쳐 준다는 데 있다.

그러면 이어서

철학(哲學)의 본질에 대한 F. 그레고와르(Francois Gregoire)의 견해를 검토해 보겠다.

그레고와르는 철학에 대하여 "철학은 본질적으로 하나의 개인적인 기질이나 맛인데, 그렇다고 하여 증명할 수 있는 성질이거나 또는 교수(教授)해서 전수될 수 있는 것도 아니다.'라고 철학의 특성을 논하면서 '철학자로서 존재함이란 보편적인 것으로의 종합이나 통일을 위한 꺾을 수 없는 근본적 경향에 의하여 지배되는 존재임을 뜻한다.

그리하여 세계의 여러 가지 국면들에 대한 통일되고 동질적인 비전으로 나아가려는 열망과, 좀 더 깊게 말하면 세계관에서 연역(演繹)된 인생관과 규범(規範)에 대한 전체적인 연관성에 이르려는 열망에 의해 철학자의 존재가 압도되고 있다."고 말했다.

다시 그는 계속해서 '철학이란 낱말의 중심 개념은 전체적인 체계로 향하려는 노력의 개념, 통일적이고 반성적인 인식이다.'는 '파로디'의 견해와 '철학 속에는 두 개의 상이한 요소가 하나의 연대를 형성하고 있다. 즉 참에 대한 사변적(思辨的) 인식과, 인간 운명의 문제에 대한 견고한 실천적 해결, 한마디로 철학은 사유된 확실성 위에 근거한 성격과 삶의 규칙이다.'라고 말한 '브롱델'의 견해를 서술했다. 그는 또 철학적 사유의 세 가지 과정으로서의 ㄱ) 과학철학 ㄴ) 일반철학으로서의 형이상학(形而上學) ㄷ) 도덕철학의 세 문제에 대해 논했다.

이상 역사에 대한 콜링우드의 견해, 철학에 대한 그레고와르의 견해를 서술하였는데 이것을 통하여 우리는 역사와 철학이 서로 밀접한 관계를 이루며 형성된, 역사철학(歷史哲學)에 대하여 보다 바른 이해에로 접근할 수 있다고 생각되는데,

본인의 비견(鄙見)으로는 역사철학이란 역사적 의식(歷史的意識)과 세계와 인간의 본질에 대한 철학적 사유(思惟)가 서로 밀접한 상호관계를 이루어 나가는 과정에서 형성된, 世界-自然과 인간의 현존(現存)을 과거, 현재, 미래의 시각에서 통일시켜 인식하려고 노력하는 역사적 의식하에 성립된 새로운 형태의 철학이라고 생각된다.

그러면 끝으로 콜링우드의 역사철학에 대한 정의와 역사철학 연구의 진행 과정에 있는 두 단계에 대한 논의를 기술(記述)한다. 콜링우드는 '유기화(有機化)되고 체계화된 역사 연구가 있음으로써 비로소 생

성되는 철학적 여러 문제에 대한 연구'를 역사철학이라 정의했으며,

그 연구의 진행 과정의 두 단계로서 첫째 철학에 있어서 고립된 학문이란 존재하지 않으므로 역사철학도 철저한 고립적 상태에서 어떤 특별한 문제에 대한 연구로서 생각되어야 할 것과 둘째로 이 역사철학이라는 철학의 신 지파(新支派)와 구 전통적인 제 학설을 연결시켜야 할 것이라고 말했다.

2) 역사철학의 목적

'역사철학자는 과거에 일어난 것에 관한 그의 지식을 인간의 운명의 모든 신비를 푸는 데 이용하려 한다.'고 크레인 브린톤(Crane Brinton)은 말했다.

또 최재희 씨는 '철학으로서의 역사철학은 한갓 과학적 차원에 만족할 수 없고 초역사적(超歷史的), 초과학적(超科學的)으로 종합적, 통일적 인식을 갈구-모색하려고 하는 것이기에 그것은 역사과학, 사회학, 경제학, 인류학 등의 경험과학을 무시하지 않고 이런 과학들의 성과를 이용해야 한다.'고 주장하면서 역사철학은 '미래의 인류사에 대해서 그 어떤 방향을 시사하고, 이로 인해서 현재의 우리에게 새로운 희망과 용기를 주려고 하는 것이다.'라고 말했다.

또 크레인 브린톤은 역사철학의 목적에 대해 논하면서 '하나의 완결된 역사철학은 모든 큰 문제들, 즉 좋은 생활이란 무엇인가? 어떻게 하면 인간은 좋은 생활을 할 수 있는가? 사람들이 앞으로 좋은 생활을 할 수 있는 전망은 어떠한 것인가? 요컨대 우리는 지금 어디에 있으며 어디로 가고 있는가?라는 문제들에 대하여 최종적인 답을 내리려 한다.' 고 말하였다.

이상의 논의를 검토하여 보면 역사철학은 과거에 있어서 종교, 철학이 수행하여 온 역할을 대신하려는 역사적 의식 하에서 진행되는 새로운 형태의 철학으로서 세계에 대한 통일적 인식의 완성과 인간의 위치와 본질에 대한 규명(糾明)을 통하여, 인류의 가치 기준을 재정립하고 앞으로 인류가 추구해야 할 목표를 발견하는 것을 그 목적으로 삼고 있다고 보인다.

Ⅱ 우주와 역사에 대한 순환론(循環論)

Grace E. Cairns의 Philosophies of History

과거의 인간들은 어떻게 세계를 이해했으며, 어떻게 그들 존재의 의미를 규정하였는가에 대하여 고찰(考察)하여 봄은, 오늘날 인간이 처한 시대적 상황을 이해하고 인류의 미래에 대한 계획을 세우는 데 있어서 매우 유익하며 동시에 필요불가결의 문제라고 생각된다.

인류의 문화는 인간이 언어를 발명하고 농업과 가축사육의 괄목할 만한 기술적 진보를 이룩한 이래 급격한 성장을 이룩하여 왔으며, 지금까지 5,000여 년의 역사시대를 통하여 인간은 끊임없이 자연과 인간사회의 본질을 규명하기 위하여 노력해 왔다.

그러한 인간의 노력은 그들의 지적 기술적 영역이 확대됨에 따라 매우 다양한 세계관을 형성해 왔는데, 그러한 여러 가지의 세계관에 대한 체계적, 종합적 인식은 현대의 사상가들 특히 역사철학을 전공하고 있는 학자들이 추구하는 극히 중요한 과제 중의 하나라는 것을 감안할 때, 이제 겨우 역사철학이라는 과제에 관심을 갖기 시작한 본인으로서는 이미 개척된 지식을 습득하는 것이 마땅히 취해야 할 과정이라는 생각에서 케언즈가 지은 'Philosophies of History(이성기 譯, '동양과 서양의 만남')'를 통하여 일차적 이해에 접근해 보고자 하며, 본고(本稿)의 구성상의 제한으로 인하여 단지 케언즈의 순환론의 분류와 그의 관점, 그의 순환론적 역사관에 대한 결론 부분을 중심으로 극히 간단한 서술에 그치려 한다.

케언즈는 먼저 '인간의 역사 혹은 우주적인 역사의 의미'를 추구하는 방법을 세 가지로 분류하고, 자신의 연구가 그 가운데 한가지인 순환적인 역사관에 대한 고찰임을 밝혔다.

다른 두 가지의 방법은 1) 진보사상과 2) 회의적(懷疑的)인 역사관으로 진보사상은 '인류가 끊임없이 규정되지 아니한 미래를 향해서 직선적으로 진보하고 있다'는 개념이며,

회의적인 역사관은 '역사라고 하는 것은 의미와 형태를 확인할 수 없다.'는 것이다.

이어 케언즈는 그의 순환적 역사개념의 유형(類型)을 세 가지 형태로 구분하였는데 그것은 인간의 역사를 이해하기 위한 1) 우주순환론 2) 일환론 3) 문화순환론들이다. 이하에서 그의 순환론에 대한 이해를 간단히 검토한다.

1) 우주순환론(宇宙循環論)

우주순환론은 메소포타미아와 이집트의 문화에서 그 기원을 찾아야 할 것이다. 이것들의 기원은 인생의 생사의 주기와 뱀이 주기적으로 허물을 벗는 것과, 태양과 달의 주기를 관측하게 된 것과 관계있다. 가설을 창안해 내는 사상가로서의 인간은 곧 철학적인 우주순환관을 발전시켰다.

① 인도인의 순환관 : 인도인의 사상은 더욱 신화적인 형식과 더불어 시작하는데, 그것은 힌두교의 시바(Shiva)의 우주적인 무용과 요가의 교리와 건축양식 그리고 화단의식(火壇儀式 -fire altaritual)과 같은 것이다. 불교와 자이나교의 사상에서도 유사한 상징적인 방법이 발견된다.

그 대표적인 것이 만다라(曼茶羅-mandala)와 보로부두르(Borobudur)인데 만다라의 가장 일반적이며 중요한 특징은 의미에 있어서, 전체 우주에 대한 대승불교(大乘佛敎)의 철학이 도해형식(圖解形式)으로 풀이된 가시적인 표상이라는 점이며, 기능에 있어서 그것의 목적은 구도자를 이 우주적인 실재와 재수렴(再收斂)시키는 것이다.

불교의 건축 가운데 석조(石造) 만다라 즉 보로부두르는 인간과 우주적인 역사에 대한 가장 심오한 철학적 의미를 계시(啓示)하는 것 가운데 하나이며 기념비적인 증거이다. 만다라의 근본 주제는 다시 마야, 요가, 요가 철학의 순환적인 시간에서 나타나는데 이들 요가철학에서는

㉠ 자신을 사람과 우주적인 실재와 재수렴 하고자 하는 인간의 심층심리적인 요구에 대한 문제해결과

㉡ 인간으로 하여금 기본적인 형이상학적 실재와 더불어 해조(諧調)를 이루게 하고 총화를 이루게 하는 시간과 역사의 의미에 대한 철학을 강조하고 있다는 것이 특징이다.

② 중국의 유기적 순환사상 : 중국의 사상도 역시 토착적인 형식에 있어선 정신적인 자유에 크게 역점을 둔다. 이러한 사상은 전체가 긴밀한 관계가 있다고 하는 유기적인 관점으로부터 접근되었으며, 인간은 전체유기체 즉 자연 그 자체인 대우주의 한 부분이 된다고 여겨진다. 이러한 전체적인 유기체의 한 유기적인 부분으로서 인간은 조화를 이루는 역할을 해야만 하며, 그렇지 않으면 자연의 균형은 깨어지고 마는 것이다.

인간의 행동은 계절적인 순환에 맞추어 조화를 이루어야 하며, 또 계절적인 순환은 음양(陰陽)의 법칙과 우주 내의 수많은 다른 제 현상과 관련이 있다. 자유란 개인이 인간사회와 자연과 조화 있는 총화를 이

룰 때 존재한다.

도교(道敎)에는 신비주의적인 요가 형식의 철학이 중심이 되어 있으며, 이 신비주의적인 철학에 있어서 구도자의 목적은 존재의 본래적인 근원에 복귀하는 것이며 그것은 자연과 신비적으로 연합함으로써 가능한데 이것은 중국의 철학에서 특히 강조한다.

③ 희랍과 로마의 신화적인 순환관 : 희랍과 로마에서는 영원히 회귀(回歸)하는 우주적인 순환이라는 것이 역사를 이해하는 친숙한 방법이었다. 그들 사상의 신화-상징적인 해석과 자연철학 적인 해석은 종교적이며 동시에 과학적인 이중의 의미를 갖고 있기에 중요하며,

종교에 있어서 황금시대와 신동(神童-구세주)에 대한 사상은 배화교도와 히브리인들 사이에서 비슷한 사상의 형태를 찾아볼 수 있기 때문에 중요하다.

과학에 있어서 희랍인의 견해는 역사를 포함한 모든 분야에 있어서 근대의 과학적인 방법들의 시조가 되며, 또한 현대의 우주와 인간 역사에 대한 과학적인 순환사상의 시조가 되고 있다.

2) 대일환론(大一環論)

① 배화교도(拜火敎徒) :

배화교도의 사상에 있어서 역사는 절대의 시원(始原)과 종말을 가진 한 번의 유일한 대희년(大喜年)이다. 그것은 정복(淨福)의 황금시대로 시작하여, 다음에 아리만과 그의 악령들이 의(義)와 순결과 질서 그리고 진리를 파괴하려고 세상에 들어오며 악마의 세력과 전투를 하는 데 있어서 결정적인 전환점은 인간을 돕고자 종교를 가져온 구속자 메시아 조로아스터가 출현함으로써 도래된다. 조로아스터의 3인의 아들들은 그 싸움에서 인간이 승리할 때까지 인간을 계속 도와주는 것이다. 그리하여 마침내 황금시대가 다시 존재하게 되며 오로지 이 시대만이 영원한 것이다.

이와 같은 배화교도들의 사상은 에덴에서 시작하여 황금기와 신국(神國)에의 복귀로 끝나는 히브리-기독교도적인 대순환 사상과 많은 공통적인 요소들을 가지고 있다.

② 히브리-기독교의 일환관 :

히브리 -기독교의 사상은 ㉠ 최초의 황금시대 ㉡ 인간의 타락 ㉢ 타락 이후의 도덕적인 퇴보의 기간,

황금시대—지상과 천국 양편에 있어서의 신국에의 복귀에 대한 계획을 가지고 있는 일환적인 역사관을 의미하는 것이다.

이것은 Jeremiah의 보편주의(이방인을 포함한 세계적 사회)로 변형되었다가, 다시 미래에 대한 묵시적인 종말론으로 전개되는데 이들 사상에 있어 역사란 어떤 영혼들이 구원을 받아 신께 복귀하는 악몽과 같은 중간시대인 것이다. 이러한 히브리-기독교의 사상은 聖어거스틴에 의해 조직화되고 철학적인 형식이 부여된다.

③ 聖어거스틴의 대세계순환 :

聖 어거스틴(St. Augustinus, 354-430. AD)의 유명한 작품 신국(City of God)에서 어거스틴은 기독교의 묵시사상에 대하여 보다 분명한 유형과 보다 심오한 철학의 관념론적인 접근 방법을 제시하고 있다. 聖 어거스틴의 역사에 대한 핵심 이념은 여전히 성서의 묵시적인 어떤 것 즉 지상의 에덴, 타락으로 인하여 죽음이 인간에게 이르렀다는 사실, 구속, 천년왕국, 낙원에 복귀함으로써 끝나는 최후의 심판과 구원받은 자의 불사와 같은 것이다. 개체 인간의 생에 대한 의미와 마찬가지로 인간 역사의 의미에 대한 어거스틴의 견해는 우리의 삶이 '죽음을 향한 경주'에 불과하다는 단 한마디로 요약할 수 있을 것이다.

④ 회교사상(回教思想)에 있어서의 대일환론 :

회교(Moslem Religion)와 회교도(Islam)는 유태교와 기독교의 경전을 알라(Allah)의 진정한 예언자들에게 계시되었던 것으로 받아들인다.

그러나 모하메드(Mohamed)에 계시된 코란(Koran)은 모든 계시들 중에서 가장 권위 있는 것이다. 정통 회교도들은 신의 섭리가 모든 역사와 인간과 자연을 지휘하며, 각 사람이 누리는 생은 그를 위하여 알라가 계획한 생이라는 견해를 대체로 받아들이며, 동시에 정의와 자비로운 신에 의한 보상과 응징이라는 사상도 받아들인다.

모슬렘의 사상에 있어서 대다수 종파는 밀의적(密儀的)인 해석을 내리는 중에 묵시적이며 일환적인 역사관을 받아들이고 있는데, 이런 점에서 모슬렘 사상과 정통 기독교의 사상은 일치하고 있다.

⑤ 후대 서양사상에 미친 어거스틴의 일환적 역사철학의 영향 :

인간 역사에 대한 聖 어거스틴의 철학은 중세기를 지나는 동안 유력한 것이었다. 그것은 13C의 성 토마스 아퀴나스(St. Thomas Aquinas)에 의하여 재확인되었으며 바로 그 형식으로 오늘날의 로마 가톨릭에 이어지고 있다.

문예 부흥기에 이성과 과학이 강조되면서 섭리론의 근거가 위태로워졌으나, 종교개혁으로 인하여 그것은 더욱 힘차게 재확인되었으며, 특히 캘빈의 신학에서 예정론은 더욱 분명하게 중심교리를 형성하게 되었다.

또한 17세기 코페르니쿠스와 데카르트 같은 사상가에 의해 발단된 과학적 방법론의 영향으로 역사에 있어서 신의 섭리에 의해 연출된 부분에 대한 회의론이 생겨났다. 그러나 섭리론은 부셰(Bossuet)를 거쳐 다시 20세기 중엽에 아놀드 토인비(Arnold Toynbee)의 '역사의 연구(A Study of History)'에서 재확인되었다.

⑥ 콩도르세 :

우주와 인간사에 대한 전통적 종교적인 접근방법으로부터 탈피하려는 경향이 르네상스시대에 시작해서 계몽주의 시대에는 극치에 달했다. 계몽주의 시대의 한 사상가인 콩도르세는 천상의 낙원을 지상으로 끌어내렸으며, 그의 시대에 급격히 성장하기 시작하였던 새로운 과학적인 지식이 가져다주는 희망을 근거로 하여 이를 확신케 하고 있다. 콩도르세에 의해 확립된 세속적인 진보에 대한 사상은 헤겔의 변증법적 일환역사철학(一環歷史哲學) 아래 마르크스에 의해 공식화되었다.

⑦ 헤겔 :

헤겔의 변증법적인 순환 속에서 인간의 역사는 다음과 같은 명제—반명제의 유형을 나타낸다. 순수한 존재로서의 무한의 부정(否定)은 무(無)이다. 현실적인 것이 되기 위해서 무한은 구체적인 것이 되어야만 한다. 그러므로 그것은 자체를 실존적인 세계의 무수한 형식들 속에 현현(顯現)하고 유일한 실재의 개체 즉 절대이념으로서의 그 자체에 돌아가야 한다는 것이 그의 주장이었고, 그에게 있어서 역사적인 과정의 목표는 절대적인 무한한 정신의 완전 구체적인 실현으로 이것은 자유의 실현을 의미했다.

⑧ 마르크스 :

마르크스는 헤겔이 제시한 변증법적인 역사의 발전을 유물론적인 것으로서 보인 역사에 적용했다. 그와 동시에 마르크스는 유태, 기독교의 묵시적인 사상에서 차용한 훌륭한 예언적인 각본을 추가한다. 헤겔이나 동양 사상가들과 마찬가지로 마르크스도 역시 자유를 역사에 있어서 인간 행로의 목표로 보았다.

그러나 마르크스주의자는 물질적인 욕구에 대한 인간의 멍에로부터의 자유를 강조한다. 마르크스는 이것이 급선무라고 보았고, 그렇게 될 때에만 인간은 모든 분야에서 자기의 보다 고상한 협동적이며 건설적인 창의력을 자유롭게 발전시킬 수 있다고 보았다.

⑨ 스리 오로빈도의 일환적인 역사이론 :

20세기 인도의 철학자 스리 오로빈도는 우주적인 역사를 무한한 정신의 퇴화와 진화의 과정으로 보았다. 오로빈도의 무한자의 개념은 한 존재에 대한 개념이며, 그의 실재는 부분적인 방식으로만 우주에 의해 현현된다. 거기엔 현현되지 아니한 무한한 깊이가 있으며 무한자의 퇴화는 그것의 가장 저급한 수준의 존재, 즉 물질에의 하행(下行)이다. 물질은 비의식적(非意識的)인 수준이라고도 한다. 그런 다음에 진화가 시작되며 비의식적인 것은 하위의식적(下位意識的)인 것 혹은 생명

수준의 존재에 달한다. 다음에 自己의식적 혹은 정신적인 수준, 즉 인간이 차츰 나타난다. 이것을 넘어서서 진화과정의 최종 목표는 영지적(靈知的)인 수준, 즉 초 정신적인 것이지만 아직 이러한 수준에 도달해 보지를 못했다.

⑩ 라다크리쉬난 :

라다크리쉬난의 일환적인 역사철학도 오로빈도의 역사철학과 유사한 목표를 가지고 있다. 그는 이다음 그리고 최종적인 기원은 현재의 지성에 대한 층면이, 정신의 층면 즉 자유의 층면에 의하여 대치되었음을 보게 될 것으로 생각한다. 일환적인 역사의 의미와 목표는 '자유스러운 정신의 왕국을 수립하는 것이다.' 지금까지 이러한 수준에 달한 성자들은 몇 안 되지만, 결국 모든 사람은 자유의 높은 층면에 도달할 것이다. 그렇게 되면 죽음은 정복될 것이며 시간도 극복되고 신국(神國-Brahmaloka)이 지상에 도래하게 될 것이다. 그러나 이 같은 일이 벌어질 때 우주적인 현 존재는 무한한 존재에 다시 병탄(倂呑)될 것이다. 우주적인 순환이란 만다라의 상징적인 표현에 생생하게 표상된 신으로부터의 소외와 복귀의 순환인 것이다.

3) 문화순환론(文化循環論) :

역사를 유형 짓는 데 있어서 문화순환 사상은 과학적 사회적인 방법으로 사료를 다루고 있기 때문에 20세기 서양세계의 특징이라고 할 수 있다. 이슬람의 대 역사철학자 이븐 칼둔(Ibn Khaldun)과 서양의 비코(Vico, 1668-1744)는 20세기 문화순환 사관의 선구자로서, 이들의 사상은 스펭글러, 소로킨, 그리고 토인비와 같은 현대의 순환론자들이 소지하고 있는 대부분의 사상을 내다보고 있다.

① 이븐 칼둔 :

그는 몽테스큐와 버클(Buckle) 같은 후대의 서구 사상가들의 '실증주의적'인 제 이론 즉 지리학적인 영향으로 인하여 고도한 문화가 발생할 수 있다는 것에서부터 자기의 연구를 시작했다. 그는 문명의 근거로서 종교에 중요성을 두었고, 종교는 다양한 집단감성을 가진 다양한 부족들을 단합시키는 점에서 중요하다고 보았으며, 종교의 역할에 의해 한 왕조가 세워지면 그것은 다섯 단계의 변화를 거쳐 결국 붕괴되는 순환과정을 밟는다고 생각했다.

② 지암 바티스타 비코 - 문화순환의 과학 :

비코의 저서 '신학문(新學問)'은 표제가 암시하고 있는 것과 마찬가지로 역사는 과학이라는 명제를 옹호한다. 신의 섭리에 의해 인도된 비코의 순환적인 유형은 '인간적인 시민사(市民史)의 회귀(回歸)'에 대한 '영원한 전형적인 유형'이다. 전형적인 영원한 법칙들을 따라 모든 국가사정은 발전, 진보, 성숙단계, 쇠퇴, 멸망을 통하여 진행되며 비록 영원한 시간을 통하여 때때로 탄생하게 되는 무한한 세계가 있다고 할지라도 그러할 것이며 인간의 문화순환은 아주 똑같은 유형 속에서 회귀할 것이다. 비코의 위대함은 이븐 칼둔과 마찬가지로 오늘날 지배적인 인간역사에 대해 그가 인본주의와 사회학과 심리학적으로 접근하고 있다는 데에 있다.

③ 오스왈드 스펭글러의 문화순환론 :

20세기 문화순환론자들 가운데 으뜸이 되는 역사철학자는 스펭글러이다. 그의 주장에 따르면 모든 문화는 소 우주적인 유기체와 비슷한 출생, 성장 및 쇠퇴의 유형을 따르는 독특한 대 우주적인 유기체라는 것이다.

개개의 대문화 유기체는 하나의 종교적인 이념을 중심으로 총합된 전형적인 개성 혹은 스타일을 발전시킨다. 이러한 스타일은 그 문화의 예술과 과학, 그리고 사회적인 기구와 정치적인 기구 가운데 드러나게 된다. 몰락과 쇠퇴는 그 문화를 총합시키는 주된 이념에 대해서 회의를 가질 때부터 시작된다. 역사란 그와 같은 대문화 유기체의 발전이라는 것 이외에 다른 목적을 가지고 있지 않다.

④ 소로킨의 문화역학(文化力學)의 순환적인 유형 :

하버드의 사회학자 소로킨도 문화순환론을 옹호하고 있다. 각 문화는 특유한 이념적, 이상주의적, 감각적인 순환의 과정을 거쳐 나간다. 그러나 그를 뒤따르는 제 문화는 전 문화 위에 터전을 마련함으로써 대다수 인류의 진보라는 것이 가능한 것이다. 이로써 소로킨의 역사에 대한 이론은 나선적(螺旋的)인 것이 되며, 하나의 문화가 중심으로 삼고 발전하기 시작할지도 모를 핵심적인 사상은 이념적, 혹은 이상주의적인 것이다. 이상주의적 또는 완전한 것이란 종교적(직관적-신비적)인 것과 합리적-과학적인 것을 모두 포함하는 것이다. 그러나 문화를 총합하는 이념이 차츰 그 창조적인 정신을 잃어 가기 시작할 때에 그 문화는 쇠퇴하고 와해된다.

⑤ 토인비 :

토인비의 대체적인 관점은 인간문명의 기본 측면으로서의 종교가 전반적인 진보를 보여 준다고 주장하기 때문에 나선적인 것이다. 과거의 모든 위대한 문명이 보여 준 흥망성쇠의 유형은, 사람들을 현세의 유물주의적인 궁극 목표로부터 소외시키고 정신적인 궁극 목표로 향하게 하는 신의 섭리를 보여 주기 위한 것이었다. 토인비는 한 문화의 몰락은 세속적인 의미의 목표에 대한 환멸과 종교의 진행에 있어서 발전을 유발하는 것, 즉 고등 종교의 탄생으로 인간은 정신적인 층면의 목표를 향할 수 있게 된다고 생각했다. 그리고 그에게 있어서 인간의 진정한 자유는 그와 같은 영원한 정신세계에 있어서만이 성취되는 것이었다.

4) 결론 : G. E. Cairns의 견해

이상에서 우주순환론, 일환론, 문화순환론으로 분류된 과거의 여러 사상가들의 견해를 케언즈의 이해를 통해 극히 간단히 살펴보았다. 끝으로 이러한 고찰을 통하여 케언즈가 내린 몇 가지의 중요한 결론을 살펴본다.

① 역사를 순환적으로 유형(類型) 짓는 것이 옹호될 수 있는가?

순환적이거나 비 순환적이거나 간에 인간 역사의 중요한 몇 가지 측면들이 부합되는 절대적인 유형을 제시해 준 사람은 아무도 없었다고 하는 것이 대부분 현대의 역사가와 사료(史料) 편찬가들의 견해이다. 실제의 역사적인 인간세계를 설명한다는 것이 어려운 일이기 때문에 대부분의 역사가들은 역사 가운데 작용하는 원인을 이해하기 위해 다원론적인 방법을 택하지만, 결국 역사가들이 하나의 사상에 맞추어 사실들을 나열하는 방법은 부분적으로는 적어도 자신의 마음속으로 구상해야 하는 것이다. 또 역사가의 사상은 그가 처한 환경과 시대의 영향하에서 형성되는 것이고, 물리, 과학 이외의 제 분야에 있어서는 아직까지 완전한 진리라고 할 것을 어느 단일한 세대에서도 이루어 본 일이 없기 때문에 다음과 같은 두 가지의 기준이 필요하다.

첫째로 그것은 우리들로 하여금 절대적인 것이라고 자부하는 어떤 특수한 역사철학을 회의하도록 해야 할 것이다. 둘째로 그러나 그것은 우리로 하여금 과거의 문화와 현재 동, 서양의 제 문화가 시도하는 것을 감식하고, 개방적인 마음을 갖게 하여 인간역사의 의미에 대한 문제를 해결해야 한다는 것이다.

② 동, 서양 순환철학의 비교
(역사의 목표와 의미에 있어서의 유사성)

힌두교, 불교, 자이나교 혹은 중국 도교와 요가체계와 같은 모든 동양의 순환철학에 있어서 목표는 정신적인 자유이다. 이것은 개아(個我) 의식에 집착한 욕망의 물질세계—분열과 해체의 세계—의 멍에로부터 벗어나 일자(一者)인 동시에 일체(一切)인 중심과 더불어 정신적인 통일과 총화를 이룬 세계로 들어감을 의미한다.

인류와 다른 우주의 생물들에 대한 그러한 초역사적인 목표는 역사에 대하여 영혼의 해방이라고 하는 목적을 부여한다. 또한 동양의 정신철학은 편협한 저 세상적인 것으로 끝나지는 않는다. 정신적인 자유와 성숙이야 말로 분리된 개아(個我)가 정말로 신화라는 것과 인간의 목표는 중심이며 일체이신 무한한 一者와 합일하는 것임을 체득하는 데 있음을 강조한다.

우주와 인간 역사에 대한 모슬렘과 기독교의 묵시적인 일환사상의 목표는 여러모로 동양적인 견해와 유사하다. 역사와 우주 그리고 인간은 동양인이 생각하는 것보다 훨씬 짧은 것으로, 절대적인 시원(始原)과 종말을 가진 대일환(大一還) 속으로 압축되었다. 그러나 중신의 세계, 즉 신의 정신세계에 들어감으로써 생사의 물질세계로부터 자유롭게 된다는 것에서는 동양적인 사상의 목표와 거의 흡사한 것이다.

이러한 일환론적 사상의 본질은 토인비의 문화순환론에 이어졌으며 헤겔에 있어서도 역사의 의미와 목표는 개체 인간의 인격의 목표가 관여하는 한에 있어서 동양의 제 학파의 그것과 거의 같다.

마르크스주의자들의 변증법적인 유물론은 공언하듯이 미학적이며 이 세상에서 생의 본질적인 향락에 집중하였다. 사회의 물질적인 제 생산력은 직접, 간접으로 인간의 문화적 체계를 창조하는 신들이며, 인간의 목표는 그에게 주어진 단 하나의 유일한 삶에 있어서 이들 제 생산력의 산물을 향수하는 것이라고 보는 마르크스주의자들은 역사의 목표는 대다수의 대중이 마침내 집단적으로 생산의 수단들을 소유하게 될 때에 달성된다고 보았는데, 이 목표는 인간 역사의 묵시적인 대일환 속에서 달성되는 것으로 이 목표의 성취는 전 인류에 대한 자유인 것이다.

이와 같은 원리는 단지 인간적인 수준에서만이라고 한다면 개체 또는 개아의 의식을 상실한 일종의 인간성에 대한 집단적 혹은 공통적인 의식에 있어서 중심에의 복귀를 전제로 한다. 이 점에서 마르크스주의의 역사적인 목표와 동서양의 제 철학을 연결하는 근본적인 패반(覇絆)이 존재한다. 노트트롭이 말한 것처럼 인류를 위한 새로운 기원을 수립하기 위하여 우리는 서양의 과학적인 지식과 공학의 이론적인 요소와 더불어 결합된 동양의 강렬한 초 의식적인 영성(靈性)을 필요로 한다.

③ 우주적인 순환들과 현대과학

현재 가장 호의를 많이 얻고 있는 두 가지 우주론 적인 이론, 즉 '계속적인 창조론'과 '폭발설'은 계속적으로 반복하는 성질의 대 우주적인 순환들을 가정하지는 않는다.

'폭발설'을 주장하는 학파는 최초의 원자(Premieral Atom-레마르트) 혹은 일렘(Ylem-가모프)의 폭발로부터의 발단을 가정하는데, 이것은 인간 역사의 일환적인 묵시론들과 일치한다.

또 '계속적인 창조론'은 정신에 있어서 힌두교와 불교 그리고 헤겔과 스피노자와 같은 서양의 범신론적인 사상가들의 우주론적 사변에 가깝다. 그러나 '폭발설'은 일렘이나 최초의 원자가 나타나기 이전의 세계의 본성에 대한 설명이 없고, '계속적인 창조론'은 수소원자의 無로부터의 창조라고 하는 단점을 갖고 있다.

'계속적인 창조론'의 최초의 제안자 가운데 한 사람인 호일레는 다음과 같이 말한다. "…… 은하계의 모든 송이, 모든 항성, 모든 원자는 시작을 가지고 있었지만 우주자체는 그렇지가 않다. 우주는 자기가 가지고 있는 부분들 이상의 어떤 것이며, 아마도 결론을 예측할 수가 없을 것이다." 호일레는 무한한 우주와 시간과 공간에 있어서의 무한을 가정한다.

서양의 대일환론은 이러한 견해에 일치하지는 않으나 힌두교, 자이나교, 불교 및 중국의 역사철학은 그것과 완전히 조리가 닿는다. 하나의 세계질서에 뒤이은 또 하나의 세계 질서는 각기 동일한 근본적인 유형으로서 공허한 데서 나타나서 결국 사라진다. 호일레는 거의 꼭 같은 것을 긍정하고 있다. 각 은하계는 꼭 같은 패턴을 통해 전개되며 가없는 공간 속으로 사라진다. 오직 전체의 무한한 우주만이 동일한 것으로 남는다.

삼라만상과 우주 그리고 인간역사에 대한 그러한 유기적인 견해는 중국사상에 있어선 아주 시적으로 출발하였다. 철학적으로 대우주와 인간의 하나임에 대한 신비적인 도교의 직관적인 깨달음에 근거한 중국의 순환관은 우주의 본성과 그 안에서 인간의 위치에 대하여 상당한 정도의 통찰에 달하였다.

오늘날의 천문학자들은 광대한 우주에 있어서 생명의 발전에 적합한 거대한 유성들이 적어도 1억 개 존재하며, 틀림없이 단세포 형식들로부터 정신의 형식들(그 너머에는 무엇이 가로 놓여 있든지)에 이르는 생명의 역사는 반복되어 왔다는 사실을 지극히 가능한 것으로 생각하기 때문에 순환적인 역사철학들은 우주 역사에 적용되었든지 아니면 인간역사에 적용되었든지 간에 뚜렷한 근거를 가진 것처럼 보인다. 동양의 순환관들은 현상적인 우주의 궁극적인 본성에 관한 진실한 이념을 직관을 통하여 적중시킨 것 같다.

④ 예지(叡智) : 역사에 있어서 이다음의 기원

만약 우리가 탐구하였던 과학과 종교 철학적인 체계 모두에 의해서 옹호된 인류의 혈연적인 통일의 사상이 결국 필연적인 것으로 받아들여지게 되면 인류 역사의 다음 기원은 상호작용 하는 두 층면에서 전개되어야 할 것이다.

세속적이며 이 세상적인 하나의 층면은 지상에서 이러한 삶을 누림에 있어 일체의 인간, 형제들을 위하여 마르크스, 소로킨, 라다크리쉬난, 토인비, 오로빈도와 같은 사람들이 믿는 바와 같이, 보다 신적인 존재를 창조하려고 노력할 것이다. 그러나 마르크스를 제외한 이들 사상가들은 사람들이 이러한 물질세계를 넘어서서 저들의 궁극적인 목표와 '본향'으로서의 정신적인 층면을 바라보지 아니하면 인간의 통일은 영속적인 근거 위에서 도달할 수 없다고 주장한다.

또 다른 극적이며 깊은 영감적(靈感的)인 견해는 지학자(地學者)이며 인류학자인 떼일야르드 샤르댕(Teilhard de Chardin)에 의해서 그의 저서 '인간의 현상(The Phenomenon of Man)'에서 제시된다. 보다 큰 구심성(centralism)이 언제나 본질적인 측면이었던 복잡화를 향하여, 생명이 지향적인 추세를 보여 준 이래 인간의 더 이상의 진화는 하나의 보다 큰 구심성(求心性)을 보여 줄 것이라고 샤르댕은 주장한다.

사람은 이미 생명층 혹은 생명권을 넘어 지구라고 하는 행성의 둘레에 하나의 새로운 층을 전개하였다. 이것이 바로 정신권 또는 정신사회의 층이며, 그것이 밖으로는 지구라는 행성의 면모를 바꾸어 놓았으며, 안으로 정신권은 우리의 전체 정신적인 문화의 유산 또는 정신적인 분위기이며, 그 속에서 우리는 우리의 존재를 가지고 있는 것이다.

우리가 검토한 모든 역사철학들은 사랑을 건설적이며 응집력이 있는 패반(覇絆)으로서 사랑을 통하여 인간의 제 사회는 성장하고 번영한다고 강조한다. 우리가 이미 논의한 동, 서양의 많은 철학자들과 마찬가지로 샤르댕은 '이성과 신비주의의 접속을 통하여 인간의 정신은, 그것의 발전에 대한 바로 그 본질(사랑)에 의하여 그 활력의 최대치를 힘 자라는 데까지 투시하여 찾아내도록 되어 있다.'는 것을 생각한다. 이것들은 이성, 과학 그리고 사랑, 즉 민주적이지만 유기적인 세계문화가 나타날 것이며, 그런 다음에 최종적으로 영원한 오메가의 상태가 이르게 될 것을 의미한다.

라다크리쉬난은 높은 영성(靈性)의 새로운 기원 즉 정신이 지금까지 인간에게 있어서 지배적인 요소였던 지성을 대신하게 될 새로운 기원의 여명(黎明)을 기대한다. 다가오는 정신의 시대는 지적인 사랑에 근거한 전 세계적인 인간 통일의 기원이 될 것이며, 대체로 협조하는 개인들과 민족 문화들의 세계가 될 것이다. 지성(知性)과 사랑은 지배적인 것이 될 가치들인 것이다.

인간의 정신은 이들 제 가치를 확립하기 위하여 최상의 노력을 기울여야 하며, 그렇지 않을 경우 인간 역사의 다음의 기원은 오웰(Orwell)의 1983년의 비극적인 광경을 닮게 될 것이다. 보다 심하게 말하면 3차 대전에서 살아남은 인간은 끔찍스럽게 다시 야만 상태로 환원될 것이다. 이것은 비코의 말을 빌리면 너무 썩어서 구제할 길이 없는 사회에 대한 '극단적인 치유책'인 것이다. 이성과 사랑 그리고 이들 제 가치를 보충하기 위한 작업은 인류를 이 마지막 재앙으로부터 벗어나게 하는 데 있어서 필수 불가결한 것이다. 시간과 공간의 천문학적인 광대함에 있어서 최고의 정신적인 목표는 이미 많은 은하계에서 달성되어 왔을 것이다.

동양의 행자(行者)들과 서양의 행자들의 신비적인 체험에서 이루어지고 윤곽이 잡힌 정신의 완전한 순환은 호일레의 제 이론이 옳다고 할 경우 무수한 은하계에서 이미 달성되어 왔을 것이며 또 그와 같이 반복될 것이다. 힌두교도와 불교도들의 동양적인 순환관은 이런 까닭으로 하여 대 우주적인 수준에서 역사적인 진리를 직관한 것임이 입증될 것이다.

다음의 대문화의 순환은 분명히 세계적인 문화의 기원이며, 이전 어느 때보다도 훨씬 고상한 정신적인 수준에 있는 것임을 알아야 한다.

동양과 서양의 위대한 성자들과 현인들이 있다. 이 거룩한 전위대는 우리에게 참 자유에의 길을 보여 주었으며, 우리는 참 자유를 인간 역사의 직접적인 목표로 삼지 않으면 안 된다.

Ⅲ 현대문명의 위기(危機)

1) 위기의 몇 가지 원인

오늘날 현대문명의 미래에 대해 매우 심각한 위기의식이 지배하고 있다. 현대 인류의 위기라는 의식은 사회의 모든 분야에 종사하는 지식인들을 지배하고 있으며, 그들은 여러 각도에서 그것을 분석하고 있으나 그 결론은 대략 몇 가지의 문제로 귀결 지어진다. 즉 그것은 전쟁의 문제, 인구의 문제, 천연자원의 고갈과 환경오염, 식량의 공급 문제 및 현대사회의 사상적 갈등과 가치관 혼란 등의 문제가 그것이다.

이와 같은 문제들의 발생은 인류가 근대에 들어와 급격한 과학적, 공학 기술적 혁명을 이룩한 데에 그 근본적인 원인이 있는 것으로, 이러한 변화는 인간의 자연 지배력을 급격히 확대시키고 인간의 많은 불행과 재난을 해결할 수 있는 방법을 가르쳐 주었으나 그러한 기술적 혁신은 오늘날에 있어서 오히려 인류의 생존 그 자체를 위협하게 된 비극적 상황을 초래한 것이다.

인류의 역사상 전 인류의 절멸이라는 위험을 가졌던 시기는 아직 한 번도 없었다. 그러나 지금 우리의 시대는 과거의 어느 때보다도 막대한 과학적, 사회적, 생물학적 지식이라는 자원을 획득하고 있으면서도 오히려 그러한 지식의 무절제한 사용으로 말미암아 전 인류문화의 파멸이라는 위험을 눈앞에 맞이하고 있다.

그러므로 보다 바람직한 인류의 미래, 번영과 행복을 지속시킬 수 있는 이상적 사회의 건설을 위해서는 이러한 여러 가지 난제의 성격을 밝히어 명확히 이해하는 것이 필요하다 생각된다.

① 전쟁의 문제 : 인류 역사상 전쟁은 사회 변화의 중요한 한 원인으로 끊임없이 지속되어 왔다. 러셀의 견해에 의하면 과거의 전쟁은 하나의 수지맞는 기업이었고, 전쟁에서의 승리는 많은 물질적 부의 획득을 의미하는 것이었다. 그러나 오늘날의 고도로 발달된 과학 기술의 성과는 이미 그러한 원칙을 과거의 한 신화로 만들어 버렸다.

오늘날의 발달된 핵무기와 미사일 체제는 전 인류의 순간적인 파멸을 가능하게 하고 있으며 그러한 순간의 현실화를 위한 준비를 완료하고 있다. 따라서 인류의 생존 그 자체를 위협하는 전쟁의 위협은 현대 인류가 극복해야 할 중대한 난제의 하나가 되고 있다.

② 인구의 문제 : 인구의 문제는 식량 문제와 밀접한 관계를 갖는 것으로 지구상의 면적과 경작지는 제한되어 있는데 인구가 증가하므로 자연이 인간에게 제공하는 생활공간이 축소되고 식량의 공급이 부족

하게 되는 데에서 발생한다.

역대의 인구증가 추세를 Julian Sorrel Huxley의 통계를 통해 살펴보면, B. C. 8000년경에 지구상의 인간은 약 일천만 명으로 추정되고 있으며, B. C. 5000년경에는 약 2천만 B. C. 400년경에는 2억, A. D. 1650년경에 5억 4천만, A. D. 1950년에는 22억으로 추정되고 있다. 또 Rome's Club의 보고에 의하면 1970년에 세계의 인구는 36억으로 추정되고 성장률은 연간 2.1%였다. 이 성장률에서의 배증 기간은 33년으로 이러한 증가율이 변화되지 않으면 2000년에는 70억을 돌파할 것으로 추정된다고 한다.

그러므로 문제는 심각하다. 지구의 식량 생산 능력은 제한되어 있는데 인구가 계속 증가하면 그만큼 식량의 공급은 부족하게 될 것이며, 현재도 이미 세계의 여러 곳 특히 저개발국 인구의 상당수가 영양 부족 상태에 있다는 것은 앞으로 인구 문제가 얼마나 심각한 것이 될 것인지를 보여 주는 것이다.

③ 식량의 문제 : 식량의 생산은 인류문화의 발달과 밀접한 관계를 갖고 있다. 대부분의 역사학자는 농경의 시작에 따른 잉여 생산물의 존재가 인류문명 발전의 전제 조건이라 평가하고 있다. 인류의 인구는 인간의 자연 지배력에 비례하여 증가했는데 근대에 들어오면서 이루

어진 급격한 과학기술과 의학의 발달은 인구의 기하급수적 증가를 초래하고, 그만큼 식량에 대한 수요를 증가시켰다.

로마클럽의 조사에 따르면 개발도상국 중의 여러 나라에서는 절대적 칼로리 섭취량 특히 단백질 섭취가 필요량에 미치지 못하고 있고, 더욱이 세계의 농업 총생산은 증가하고 있으면서도 비 공업국의 농업생산은 현재의 불충분한 수준을 겨우 유지하고 있다고 하며, 또 식량생산의 기본적 자원인 토지에 있어서 지구상의 잠재적 농업 적지는 약 32억 헥타르로 평가되는데 현재 그것의 반에 해당하는 가장 기름지고 이용이 용이한 토지가 경작되고 있고, 나머지 반을 개발하는 데는 막대한 자본이 필요하므로 새로운 농경지를 개척하는 것은 경제적으로 불가능하다는 것을 F.A.O.(유엔식량농업기구)의 보고를 인용하여 밝히고 있다.

그러므로 식량의 자급자족 문제도 현재 인류가 당면하고 있는 중요한 위기의 하나가 되고 있다.

④ 자연의 고갈과 오염 문제 : "현대는 인구의 막대한 증가 및 지질적 자본의 급속한 고갈이라는 희생을 치르고 인간이 지구의 어떤 부분에 고수준의 사회를 그럭저럭 유지하고 있는 참으로 짧은 에피소드라고 볼 수 있으며, 또 1000년 후-인류사로 보아도 짧은 기간-에 우리들의 자손은 모든 광석, 석탄, 석유가 무참하게 제거된 고갈되고 황폐한

지구에 살게 될 것이다."라고 K. E. 보울딩은 말했다.

이것은 '공업이란 비 환원적 작용에 의존한 것이기에 근대공업은 일종의 지구자원에 대한 약탈'이라고 말한 러셀의 견해와 통하는 것으로, 이러한 지구의 천연자원의 기하급수적 소모와 그 결과로서 빚어지는 자연환경의 파멸적 오염은 인류의 생존에 대한 또 하나의 치명적인 위협이다. 자원의 고갈 문제는 오늘날 새로운 에너지원에 대한 연구가 진행되고 있고 어느 정도의 희망을 보여 주기도 하나, 아직 해결된 것이 아니다.

한편 오염의 문제는 세계 도처에서 직접 간접으로 피해를 당하게 되자 진지하게 그것의 해결을 위해 노력하는 과정에 있으나 그러한 노력은 단지 오염의 진행속도를 늦추는 것에 불과하지 근본적인 해결이 되지 못하며, 인간을 품어 온 자연은 시간이 흐름에 따라 점진적으로 파괴되고 있다는 것은 현대 인류가 당면한 하나의 비극적인 상황이다. 그러므로 천연자원 고갈의 문제와 적극적인 극복이 불가능하다는 이유에서, 더욱 더 심각한 오염의 문제는 참으로 난제 중의 난제라 할 것이다.

⑤ **사상적 대립과 새로운 세계관의 문제 :** 오늘날 세계를 불안하게 하고 끊임없는 투쟁으로 얼룩지게 하는 요인은 이데올로기의 대립과

서로 다른 종교 간의 갈등, 인종적인 증오심, 편협한 민족주의 등이다.

다윈은 그의 저서 《종(種)의 기원(起源)》을 통하여 유기적 생물의 세계를 지배해 온 것은 '생존경쟁'과 '적자생존'의 원칙이라고 말했다. 그러한 생존 경쟁적 세계관은 전 인류의 역사를 지배해 온 중요한 원칙 중의 하나라는 것은 사실이며, 그러한 의식은 아직까지 인간의 잠재적 본능 속에서 작용하고 있다. 러셀은 그러한 의식이 '그것으로 이득을 볼 수 있었던 황금시대에 뿌리박고 있기 때문에' 아직 많은 사람들은 '남이 가난해지면 자기가 부유하게 되는 것으로 믿고 있다.'고 말하였다.

그러나 위와 같은 경쟁의식, 타민족, 인종, 사상, 종교에 대한 적개심은 우리 인류의 생존을 위협하는 또 하나의 문제를 발생시킨다. 과거에 있어서 그러한 적개심, 증오심은 단지, 부족, 사회, 국가 간의 투쟁으로 끝날 수 있었다. 그러나 오늘날 고도로 발달한 과학기술은 전쟁에 있어서 어느 일방의 승리를 보장하지는 않게 되었다.

그러므로 자신의 신념체계에 대한 인간의 광신적 편협성은 전 인류 문화의 존립을 위협하는 심각한 문제가 되고 있으며, 더욱이 전통적 가치 질서에 대한 신뢰의 상실은 더욱 더 인간을 불안하게 하고 공포로 몰아 그들의 행동을 난폭하게 하는 것이다. 이러한 이유에서 우리는 그와 같은 정신적-사상적 난제를 인류 생존에 관계되는 문제로 삼지 않을 수 없고, 새로운 가치체계, 세계관 정립의 필요성을 절감하게 되는 것이다.

2) 로마 클럽의 견해

로마 클럽은 이상에서 고찰한 여러 인류 위기의 원인들을 포함한 인류 사회의 위기에 대한 제 요인과 그 상호작용에 대한 집단적 연구를 통하여 10가지의 결론적 견해를 제시하였는데 아래에 그것을 기술한다.

(1) 세계 환경의 양적 한계와 과도성장에 의한 비극적 결말을 인식하는 것은 인간의 행동, 나아가서는 현재 사회의 전체적 구조를 근본적으로 바꿀 만한 새로운 형태의 사고를 시작하기 위해서는 불가결의 것임을 확신한다.

(2) 세계의 인구 압력은 현재 이미 우려할 만한 상태에 이르러 있으며, 더구나 그 분포는 지극히 불균형을 보이고 있다. 이것만 보더라도 인류는 지구상에서 균형 상태를 추구해야 한다는 절박감을 갖게 된다.

(3) 많은 이른바 발전도상국이 절대적으로나 또는 경제적인 선진국에 비하여 상대적으로 향상되는 경우에만 세계의 균형이 실현되는 것

이라는 사실을 우리들은 인식한다. 또 그와 같은 향상은 전 세계적인 전략에 의해서만 성취될 수 있다는 것을 우리는 주장한다.

(4) 그렇지만 세계적인 개발 문제는 다른 세계적인 개발 문제에 아주 밀접하게 연관돼 있으므로, 특히 인간과 그 환경의 문제를 포함하는 중요한 문제를 해결하기 위한 전반적인 전략을 전개하지 않으면 안 된다는 것을 우리들은 주장한다.

(5) 복잡한 세계의 문제는 많은 정량화할 수 없는 요소를 지니고 있음을 우리들은 인식하고 있다. 그렇지만 우리들은 이 보고에서 사용된 뛰어난 정량적인 접근 방법은 문제의 작용방법을 이해하기 위해 빼 놓을 수 없는 도구라고 믿고 있다. 그리고 이와 같은 지식에 의해 문제의 제 요소를 파악할 수 있게 되리라고 기대하고 있다.

(6) 우리들은 현재 불균형 상태에 있고 또 위험한 방향으로 악화되어 가고 있는 세계의 상황을 급속히 또 근본적으로 시정하는 것이 인류가 직면하고 있는 기본적인 과제라고 일치하여 확신하고 있다.

(7) 이 노력은 우리들의 세대에 대한 도전이며 다음 세대에 넘겨줄 수는 없다. 이 노력은 결단코 당장 시작하지 않으면 안 되는 것이고, 또 중요한 방향 전환이 이제부터 10년 동안에 달성되지 않으면 안 된다.

(8) 인류가 만약 새로운 진로를 향해 내딛는다면 전례가 없을 정도의 규모와 범위에 일치한 국제적인 행동과 공동의 장기계획이 필요해질 것이다.

(9) 우리들은 세계의 인구 증가와 경제 성장의 악순환에 브레이크를 거는 것이 세계 여러 나라의 경제 발전의 현재 상황을 동결시키는 결과를 초래해서는 안 된다는 주장을 굳게 지지한다.

(10) 마지막으로 우연 또는 파국에 의해서가 아니라, 계획적인 방법에 의해 합리적이며 영속적인 균형 상태에 달하려고 하는 의도적인 시행은 결국 개인, 국가, 세계의 각 레벨에서의 가치관과 목표의 근본적인 변경을 기초로 해야 한다는 것을 주장한다.

결론(結論)

지금까지 본고(本稿)에서는 역사철학의 본질과 그 목적에 대한 검토, 과거의 여러 가지 순환론적 역사철학에 대한 간단한 고찰, 그리고 역사철학의 중요한 과제의 하나가 되어야 할 현대문명의 위기의 제 요인 몇 가지에 대한 논의를 전개해 왔다. 그러면 이제 우리 인류 사회의 이상적 사회로의 전진을 위하여 필요하다고 생각되는 몇 가지 원칙적 기준에 대하여 생각해 보고자 한다.

1) 타(他) 사상, 종교, 신념체계에 대한 관용(寬容)

사유하는 존재, 생물학적 존재, 사회적 존재로서의 인간은 역사시대를 통하여 가지각색의 종교, 철학 등, 세계에 대한 다양한 가치체계를 가지고 왔다. 사유하는 존재로서의 인간은 그들의 인식영역에 들어오는 모든 자연, 사회적 실재들에 대하여 항상 종합적인 이해에 이르려고 노력해 왔다. 그러므로 다양한 자연적, 사회, 역사적 환경에서 생활하였던 인간들이 매우 다채로운 사상체계를 확립했다는 것은 필연적인 결과였다.

나는 세계에 대한 인간의 모든 인식체계는 인간 정신의 창조적 행위의 결과라고 확신한다. 그러므로 나는 서로 상이(相異)한 자연환경과 사회, 역사적 환경 속에서 생활한 인간들이 그들의 특유한 직관적 인식과 이성적 사유의 활동을 통해서 여러 가지의 세계관을 획득했다는 것은 조금도 이상할 것이 없다고 생각한다. 그리고 이러한 견해를 통하여 판단하면 자신이 믿고 있는 가치체계와 이질적(異質的)인 다른 모든 세계관에 적대(敵對)한다는 것은 무지와 편견의 결과라고 생각되는 것이다.

오늘날 세계를 불안과 공포로 몰아넣고 분노와 증오심으로 어둡게 하는 것은 서로 다른 종교 간의 폐쇄적(閉鎖的) 집념과 서로 다른 이데올로기 간의 투쟁, 그리고 광신적 민족주의 등이다. 자신의 가치체계에 대한 폐쇄적 확신은 끊임없는 개인과 개인, 사회 대(對) 사회. 국가와 국가 간의 투쟁을 야기하고 있다. 러셀은 이데올로기에 대하여 논하면서 '현대의 소란은 광신적인 경향이 증가하고 있는 데서 생기는 것'이라고 말했다. 그러므로 우리 인간들은 자신의 가치관에 대한 폐쇄적 집념이 맹목적인 편견이며, 모든 가치체계는 인간 정신의 창조적 활동에서 형성되었다는 것을 이해하고, 모두 그것대로의 특유한 의미와 가치를 가지고 있다는 것을 이해하여, 타 사상, 종교, 철학체계에 대하여 관용하는 마음을 가짐으로써 오늘날 인류가 처한 위기를 극복할 수 있을 것이다.

2) 인종적, 민족적, 국가적 적대 감정에서의 탈피 : 세계주의로의 지향

가치체계에 대한 폐쇄적 광신과 더불어 인류를 불행하게 하는 것으로 인종적, 민족적, 국가적 적대 감정이 있다. 개인을 단위로 이룩되는 인간의 사회는 역사시대를 통하여 사회적 집단의 규모를 계속 확대시켜 왔다. 그것의 원인은 인간의 자연 지배력의 확대와 의식 영역의 확대라 할 수 있는데, 인간이 자연을 다루는 기술이 진보함에 따라 인간은 그들의 시간적 공간적 생활영역을 확대시켜 왔다.

그것은 가족에서 씨족으로, 씨족에서 부족으로, 다시 부족에서 민족, 국가로 사회 단위가 증대되었으며, 오늘날에 이르러서는 인종 간에, 이데올로기를 중심으로 한 국가집단 간 대결의 양상을 띠게 되었고, 한편으로는 서로 이질적인 문명사회 간 갈등의 현상으로 나타났다.

인간 대 인간의 투쟁이 발생하는 원인 중에는 생물학적 존재로서의 '생존본능'과 자신의 쾌락을 추구하는 '이기적 욕망'이 있다. 생존본능은 자연, 사회적인 외적 위협으로부터 자신의 생명을 보호하려는 본능으로, 자연적 위협은 인간 생존의 기본 요소인 의식주의 결핍에서 야기된다.

사회적 위협은 인간 역사의 한 원리로 적용되어 온 약육강식의 원칙에 의해 야기되는데, 이러한 생존 경쟁적 의식구조는 이질적인 사회, 국가, 문화집단에 대한 공포감과 증오심 형성에 중요한 원인이 되고 있다.

그러나 이제 우리 인류는 과거의 생존 경쟁적 의식 구조를 극복하고 전 인류를 한 가족으로서, 단일한 세계의 동등한 구성원으로 인식해야 한다. 과거에는 원시적인 인간의 기술로 인하여 他 집단을 공격하는 것이 자신의 생명을 지키기 위한 유일한 길이었던 시대가 있었으나 오늘날의 세계는 이미 그러한 단계는 넘어 섰다.

(1) 현대의 고도화된 과학기술은 그것을 인간이 유효하게 활용하고, 인구의 증가를 적절히 통제함으로써 모든 인류를 물질적 결핍에서 구제할 수 있는 단계에 이르렀다는 것.
(2) 고도로 발달된 현대의 전쟁 무기로 인해 전 인류의 생존이 위태롭게 됐다는 사실.
(3) 인종, 민족, 국가 간의 적대 감정은 오랜 인류 역사 과정에서 형성된 것으로 그것은 변화하는 것이며, 개조될 수 있다는 세 가지 이유에서 우리는 과거의 생존 경쟁적 의식을 과감히 극복하고, 세계 인류를 한 형제로서 의식하고, 사랑으로 서로 화합하지 않으면 안 된다. 오직 그러한 세계적 결단을 통해서만 인류의 문화—현대문명은 생존할 수 있고, 번영을 계속할 수 있을 것이다.

3) 세계에 대한 동양의 우주순환론적 이해: 직관에 의한 자연, 우주와 인간의 合一

과거의 많은 성자, 현인들이 우주의 본질과 인간 존재의 의미를 확인하기 위하여 피나는 노력을 기울여 왔다. 그들은 직관적 인식을 통하여 여러 가지의 세계(우주)관을 확립하였는데, 그러한 것들은 본질에 있어서 매우 유사한 몇 가지의 형태로 분류될 수 있을 것이다.

케언즈는 그의 저서 《Philosophies of History》를 통하여 순환론적 역사 인식 패턴을 적용하여, 여러 가지의 역사철학적 인식 유형을 우주순환론, 일환론, 문화순환론의 세 형태로 구분하였다.

人類史上 모든 문명권은 위와 같이 그들의 특유한 세계관 아래 인간과 자연을 인식했다. 그리하여 현대에 이르러서는 그러한 여러 세계관이 세계 전역에 소개되었고, 많은 사상가들에 의해 비교, 분류되는 단계에 이르게 되었다.

그러나 역사적 현실 가운데 존재하고 있는 역사적 존재로서의 인간들은 결국 어떤 것이든 하나의 세계관을 선택해야 할 필요를 느낀다. 어떤 형태의 세계관이라도 그것이 절대적인 것으로 모든 인간의 동의를 얻을 수 없다는 것은 이미 일반화된 결론이지만, 무한한 시간과 공간 안에 존재하고 있는 인간에게는, 그들의 존재에 어떤 의미를 부여하기 위해, 무한한 미래에 있어서 그들이 지향해야 할 목표를 설정하기 위해, 그것이 어떠한 것이든 하나의 세계관이 필요한 것이다. 그러나 앞으로의 세계관은 전 인류가 공동의 관심하에 추구해야 할 것이며, 충분한 대화를 통하여 화합하는 방향으로 나가야 할 것이다.

이러한 견지에서 나는 '개아(個我)의식'에 집착한 욕망의 물질세계—분열과 해체의 세계—의 멍에로부터 벗어나 一者인 동시에 일체인 중심과 더불어 정신적인 통일과 총화를 이룬 세계로 들어가는 것, 즉 정신적인 자유를 목표로 하는 "동양의 우주순환론적 사상에 기대를 갖는다." 또한 '계속적인 창조설'을 제시한 호일레를 중심으로 한 현대 과학적인 우주관에 대하여 "서양의 대일환론은 그러한 견해에 일치하지 않으나, 힌두교, 자이나교, 불교 및 중국의 역사철학은 그것과 완전히 조리가 맞는다."고 평한 케언즈의 견해에 나는 절대적으로 공감하며, 더 나아가 동양적인 세계관이 미래의 인류사회를 이끌어 나가는 데 주도적인 역할을 하리라 확신한다.

과거의 대부분의 역사철학에 공통되는 것은 인간의 정신적인 자유의 추구와 사랑을 기초로 한 인간 전체의 화합이었다. 그러므로 우리는 이러한 두 가지의 원칙하에, 인류를 절멸의 위기에서 구하고, 끊임없는 창조 속에 인류의 무한한 번영을 가져올 수 있는 새로운 세계관을 확립하는 데 모든 노력을 집중시켜야 할 것이다.

4) 진리(眞理)에 대한 성실성(誠實性)

끝으로 나는 현대문명의 자멸이라는 지대한 과제를 맞고 있는 현대의 인간들이 가져야 할 바람직한 삶의 자세에 대해 생각해 보고자 한다.

나는 앞에서 자신이 믿고 있는 가치체계와 같지 아니한 세계관에 적대(敵對)하는 것은 무지와 편견의 결과라고 말하였고, 또 인종적, 민족-국가적 투쟁과 서로 다른 문명사회 간의 갈등은 인류의 역사 과정에서 형성된 것으로 그것은 변화하는 것이며, 개조될 수 있는 것이라고 말했다.

내가 그와 같은 견해를 밝힌 것은, 첫째, 인간의 사상, 품성은 자연적, 사회적 환경의 영향하에서 형성되는 것이라는 것과 둘째로 인간은 아직 정신적으로 유아기에 있는 존재로서 앞으로 무한히 성장할 수 있고, 또 성장하지 않으면 안 될 존재라는 생각. 셋째, 사물을 판단하는 데 있어서 성급한 결론을 내리는 것은 편견에 그칠 위험이 있으며, 생동하는 창조적 사유의 흐름을 차단하는 위험이 따르기 쉽다는 것, 등의 생각에 근거한 것이었다.

K. E. 보울딩은 그의 저서 《The Meaning of Twentieth Century》에서 새로운 문명 후 사회로의 전환에 대해 논하면서

"'당신은 어느 쪽인가?'라는 질문은 위험한 질문이다. 그러한 질문은

대화보다는 변증법에, 교육보다는 설교에, 자기 음미보다는 자기변호에, 새로운 것을 배우기보다는 낡은 편견을 굳히는 쪽으로 향하는 것이다."라고 말했다. 이와 같은 보울딩의 견해는 현대의 여러 위기를 극복해야 할 우리의 자세를 생각해 보는 데 매우 뜻 있는 견해라 생각되며, 아울러 니체의 다음과 같은 논의는 음미해 볼 만한 가치가 있다고 생각된다.

"위대한 인간은 필연적으로 회의적이다. 모든 확신에 사로잡히지 않는 자유가 그 강한 의지에 깃들어 있다. 신념을 원한다는 것, 긍정이건 부정이건 어쨌든 절대적인 무엇을 바란다는 것은 약한 증거이다… 신념이 강한 자는 조그마한 족속이다. '정신의 자유' 즉 본능적인 불신은 위대성의 전제 조건이다."

그러므로 나는 '진리에 대한 성실성', '티 없이 맑고 밝은 마음가짐으로 있는 그대로의 세계를 관찰하려는 태도' '더욱 더 바른 사실에 대해 두려움과 수치심을 갖지 않고, 긍정하려는 깨끗한 용기' 그러한 것이 새로운 인류 사회의 창조를 지향하는 현대의 우리가 가져야 할 가장 중요한 마음가짐이라고 생각한다.

그러한 성실성과 용기, 자연과 인간에 대한 뜨거운 사랑, 무한한 우주(자연)와 합일하려는 의지 등을 가지고, 끊임없는 창조적 노력을 계속할 때에, 모든 인류의 난제는 극복될 것이고 무한히 밝은 미래가 전개되리라 믿는다.

[1978. 10. 20.]

4.
내가 발견한 진실들

1) 이해되지 않는 것은 직접 확인하라

내가 태어난 후 고등학교를 졸업할 때까지 주된 종교적 환경은 기독교였다. 어린 시기 유아세례를 받았으며, 평양에 교회와 학교를 세우셨다는 친할아버지를 비롯해 온 가족이 교회와 밀접한 관계를 유지하고 있었다. 그러한 환경의 결과랄까?! 필자도 중, 고등학교 6년간을 아침이면 담임교사님과 함께 기도로 시작하는 미션스쿨(대광)에 다녔다.

항상 우주를 창조하신 유일신 하나님에 대한 공부를 게을리 하지 않다 보니, 일찍부터 대우주와 인간의 生과 死, 善과 惡에 대하여 많은 생각을 하였으리라.

그러나 기독교의 신학 이론은 많은 모순점을 가지고 있는데,

"예수님은 원수도 사랑하고, 우리에게 잘못을 저지른 이도 일곱 번씩 일흔 번이라도 용서하라 하셨는데, 왜 그분보다 더 위대한 하나님은 무

지한 인간을 바로 가르쳐 옳은 길로 인도하지 않으시고 심판을 위한 지옥 불을 준비하고 계실까?!"

"아담과 이브가 선악과를 분명히 따서 먹을 줄 아셨을 하나님께서 선악과를 따먹은 죄로 아담과 이브를 에덴에서 추방하셨다면, 이건 하나님이 알고 놓았던 덫에 대한 이야기가 아닌가?!… 전지전능하지 않으시던가?!" 등등 이것 말고도 무척 많다.

이러한 모순적인 교리에 대한 의문에 대하여, 전문가이신 목사님이나 전도사님 어느 한 분도 이해할 만한 답을 주지 못했다. 어리석은 인간의 머리로는 하나님의 깊은 뜻을 다 헤아릴 수 없으니 더 이상 따지지 말고 믿으라는 것이 거의 공통된 결론이었다.

그래서 나는 스스로 답을 찾겠다고 결심했고, 결국 구하려던 답은 물론이고, 그보다 더 큰 여러 중요한 문제에 대한 앎을 찾았다! 그리하여 지금 홀로 알고 있기에 어려운 가슴 뛰는 감사와 기쁨 속에서, 아직 미로 속을 헤매고 있는 분들에게 작은 도움이라도 드리기 위해 이 책을 쓰고 있는 것이다.

이해되지 않는 문제를 만나고, 그것이 중요한 문제일 경우는…

끝까지 그 답을 찾기 위해 노력하라!

그것이 위대한 교사 예수의 가르침이었으며…

그것은 변함없는 우주의 법칙이다!

2) 진리는 매우 단순하다

짧을수록 진리에 가까운 것이다!

쉬운 예로 열쇠를 잃어버린 자물쇠를 열어 보자!

열쇠의 구조에 박식한 전문가는 단 몇 초 안에 잠긴 자물쇠를 열기도 한다.

그러나 보통 사람은 한 시간, 두 시간이 걸려도 열지 못하는 것이 이상하지 않다.

실력 있는 의사는 단 한 번의 처방으로 병을 고치거나 병세를 호전시키지만,

돌팔이 의사는 병을 고치기는커녕 오히려 악화시킬 것이다.

그러므로 여러분이 살아오면서 인생이 괴롭고 고달팠다면, 또 지금 심각한 불안과 정신적 육체적 고통 속에 있다면 여러분은 분명히 잘 닦이고 포장된 도로를 떠나 길이 없는 험한 정글 속을 헤매고 있는 것이

며, 여러분의 길을 안내하는 안내자가 서툰 아마추어일 가능성이 있다!

물론 우리 모두가 지구에서 가지는 삶은, 사실 영적인 차원에서 스스로 선택했던 체험을 위한 여행 코스인 것이 사실이지만…

지금까지 충분히 힘든 과정을 겪을 만큼 겪었고, 또한 많은 이들의 노력에 힘입어 지구의 에너지장이 바뀌었기에, 지금은 우리들 자신의 선택에 따라 즉시 지상 낙원을 우리의 가슴 안에 스스로 창조하고 우리의 눈으로 보며 누릴 수 있는 지점까지 온 상태이다.

그러나 그것은 다른 어느 누구가 우리에게 가져다주는 것이 아니라,

우리 스스로 각자가 창조해야 하는 것이다.

이미 결과는 확정적으로 결정되었으나, 하루라도 빨리 더욱 많은 사람이…

나아가 모든 사람이 사후의 낙원이 아니라 몸을 가지고 살고 있는 이번 생에서 온전한 기쁨과 평화를 가지기 위해 필요한 것은,

우리가 누구인가?!

존재하는 모든 것의 실상은 무엇인가?!에 대하여 바른 이해에 도달하는 이가 한 사람이라도 더 많이 나타나고, 그들 한 사람 한 사람의 깨달음의 빛과 기쁨이 아직 많은 곳에 남아 있는 어둠과 고통을 해체하고 사라지게 하는 것이다.

진리는 단순하고 쉽게 표현될 수 있다!

우리의 귀한 형제이며 지혜로운 가족이었던 '예수'의 기록으로 남겨진 가르침이 얼마나 되는가?! A4 용지 30페이지도 되지 않을 것이다!

주로 비유를 통해 설명한 쉽고 짧은 이야기로, 그는 이 우주에 작용하고 있는 중요하고 큰 원리를 명쾌하게 지적했으며, 그러한 지혜의 빛은 2000여 년 동안 지구를 밝혀 온 외로운 등대였던 것이다.

그러나 그와 같은 짧은 비유 속에 담겨진 지혜를 바로 보기 위해서는, 그 분에 근접하는 지혜를 스스로 가지지 않으면 아니 되는 것이고…

그것이 쉬운 일이겠는가?!

하나의 밀알이 땅에 떨어져 결실을 맺기까지는, 싹이 트고 비와 바람과 햇빛을 고르게 받는 날들이 지나고, 폭풍도 견디고 계절이 바뀌는 과정을 통해야만 하는 것!

아무 때나 "주여 믿습니다!!" 하고 외치면 구원받는다??

"네 이웃을 네 몸처럼 사랑하라!"는 그분 말씀 하나에 담긴 뜻이라도 제대로 이해하고 실천할 수 있었다면! 이미 지구는 오래 전에 지상 낙원을 이루고도 남았을 것이다!

아는 자만이 이해하기 쉬운 말로 짧게 핵심을 설명할 수 있다!

3) 자신의 체험만을 가지고 비판하지 말라

자신이 직접 겪어 보아 안 것이 아니면 함부로 자신의 지식만으로 타인을 판단하면 안 된다!

농사짓는 일, 못 하나 박는 일도 1년 일한 사람과 10년 일해 본 사람의 경험과 지식에는 하늘과 땅의 차이가 있을 수 있다.

그러므로 자신이 잘 알지 못하는 영역을 오래 연구해 온 사람이, 전혀 생소한 이론을 주장할 때는 성급히 판단하지 말고, 그 사람이 지나온 과정을 먼저 진지하게 살펴보아야 한다!

"어린 아이와 같은 자가 천국에 들어갈 수 있다!"는 말은

어린 아이와 같이 호기심을 가진 맑은 눈과 열린 마음을 가지고 새로운 사실을 관찰할 수 있는 자가 진리를 찾을 수 있다는 뜻을 가지고 있다!

모르는 것은 모른다고 말하고 빈자리로 남겨 놓아야, 진실된 정보와 지식이 들어갈 수 있는 자리가 준비된다.

자신이 충분히 알아보지 않은 것에… 성급히 자신이 알고 있는 다른 지식과 세뇌된 고정 관념을 가져다 놓으면, 참된 지식과 정보가 들어올 자리가 없어지는 것이다.

항상 자신이 알고, 믿고 있는 것과 함께 넓고 큰 빈자리를 준비하고 있다면

진리를 찾아 진정한 자유에 이르는 길은 항상 열려 있는 것이다!

4) 내가 전하고 싶은 이야기들

"우리가 누구인가?"

"우주가 운행되고 있는 원리와 지구가 차지하고 있는 위치는 어떤 것인가?!" 등에 관련된 이야기는

내 내면의 직관적인 느낌(앎, 기억)과 체험적인 삶의 경험을 토대로 하고…

기록으로 남겨진 많은 역사적 사회적 자료와, 지구 외부로부터 오는 여러 정보를 참고로 하여 도출해 낸 결론이다.

그리고 그것은 이번 생에 내가 계획했던 나의 역할임이 분명하다고 나는 느낀다.

지금까지 내가 찾아오고, 문을 두드려서 열고 확인하게 된 나의 여러 진실들은 어느 날 한순간에 얻어진 것이 아니고,

한 해 한 해, 하루하루 더욱 선명해지고 확장되는 감동과 공명을 통해 얻어진 것임을, 나는 나의 직접적인 체험에 비추어 밝히는 것이다.

내가 지금 말하려는 정보와 이야기는 이미 지구인 수천만 명이 보아 알고 있는 것이며, 100만 명을 넘는 사람들이 확고한 앎의 단계에서 이해하고 있는 것으로 나는 알고 있다!

행여나 황당하게 느껴지실 분도 있겠으나..

일단 새로운 이론이며 학설이라고 보시고

여러분 자신의 눈과 내면에 잠재된 기억과 직관적인 느낌을 가지시고 직접 스스로 확인하고 판단하여 주시기 바랍니다!

5) 지구는 우주의 핵과 같다

지구는 현존(現存)하는 우주 내에서 자유 의지에 의한 선택이 가능한 유일한 실험 행성이다.

지구에서 창조되는 새로운 에너지는 존재하는 모든 것을 상승 진화시키는 도약의 발판으로 작용하며,

과거 1만여 년 전 레무리아와 아틀란티스 문명이 새로운 에너지 창조에 실패하고 멸망한 후, 다시 시작된 지금의 지구 문명은 서기 2000년을 넘어서는 시점에서 확실하게 성공의 임계치를 넘었고, 이제 그러한 성공의 결실을 수확할 마지막 단계로 들어서고 있다.

2000년을 전후한 시기가 새로 시작한 지구 문명이 성공이나 실패 중 하나의 결과를 도출할 것이라는 가능성은 미리 예상되었던 것이며, 그러한 가능성을 미리 내다보고, 긍정적인 결과를 창조하기 위해 이 시대에 특별히 많은 경험과 지혜를 가진 영혼들이 대거 육화했다.

그들 많은 빛의 일꾼들의 헌신적인 노력의 결과로… 지구는 노스트라다무스가 예언했던 지구 멸망의 가능성을 뛰어 넘었고, 존재하는 모든 것은 제2 창조계로 진입을 시작할 수 있게 되었다.

스스로 존재하고 있던 제1 창조계가 영원한 지금의 순간 속에서 진화와 확장을 계속하던 어느 한 지점에서, 더 이상 원활한 진화와 창조가 이루어지지 않게 된 상황이 발생하였고,

그러한 지점을 돌파하기 위해서는 그때까지 존재한 적이 없었던 새로운 에너지의 창조가 요구되었으며… 새로운 에너지를 창조할 무대로서 지구가 선택되었습니다.

그리하여 그때까지 창조의 선두에서 활약해 왔던 가장 많은 경험과 지혜와 용기를 가진 영혼을 소집하는 근원의식으로부터의 소집령이 온 우주에 알려지고, 이에 응답한 오래된 영혼(천사, 神, 靈)들이 모여 스스로 자신의 모든 기억을 지우고, 무한한 창조력을 제한한 상태에서 인간으로 육화하여 새로운 에너지를 창조하기 위한 작업에 들어갔던 것입니다.

존재하는 모든 것을 자유롭게 창조할 수 있었던 존재들이 자신의 모든 기억을 지우고, 자신의 창조력을 제한시킨 상태로 인간의 몸에 육화한 것은…

사람이 눈과 귀를 가리고 손과 발이 묶인 상태로 무인도에 정착하는 것에 비유될 수 있을 것이며, 무한한 자유와 기쁨 안에서 살아오던 영혼이 그렇게 제한된 상태에서 몸을 가지고 수백, 수천 번의 윤회 환생을 겪어 낸다는 것은 참으로 위대한 봉사와 헌신의 행위입니다.

그와 같은 일에 스스로 자원하고 감내해 올 수 있었던 것은, 그들이 무한한 사랑을 간직했던 존재였기에 가능했던 일이며, 그와 더불어 베일 저편 고향에 남아 항상 위로하고 안내하고 지원해 온 영혼 가족들의 뜨거운 사랑이 또한 있었기 때문입니다.

제1 창조계가 어느 시점에 정체 상태에 이르게 되었다 함은 제한 없는 창조력을 가지고 스스로 존재하던 영혼이 끊임없이 새로운 창조와 확장에 몰두하던 중, 자유롭던 창조 행위가 균형을 상실한 한계에 부딪쳤다는 것을 의미하는데… 최근 몇 십 년간 인기를 끌어 온 〈스타워즈〉 같은 영화에서 볼 수 있었던 별들 간의 전쟁이 극심하게 전 우주를 휩쓸었다는 것이 그러한 정체 지점을 이해하는 데 중요한 단서로 볼 수 있습니다.

존재하는 모든 것(우주)의 근원(창조자)이 되는 영혼(집합 의식)이기도 하며 동시에 고유한 개별적 체험을 가진 영혼(개별 의식) 중에서 가장 뛰어난 존재들이 모여… 모든 것을 새로운 차원으로 확장시키기 위한 목적으로 선택된 지구는 우주의 핵과 같은 곳입니다.

5.
가족들에게 보내는 편지

1) 나와 같은 보통 사람들에게

안녕하세요.

인류 역사를 통해 평범한 백성들은 대체로 고달픈 삶을 살아왔습니다.

오늘날은 모든 인간이 평등한 인격적 가치를 가지고 있다는 가치관이 보편화되어서, 보통 사람들이라 하면 물질적으로 큰 풍요를 누리고 있지 않거나, 사회적 지위가 특별하게 높지 않은 중산층 이하의 사람들을 가리키는 것으로 볼 수 있을 것 같습니다. 아마도 전체 인구의 95% 이상이 보통 사람으로 분류되지 않겠나 생각됩니다.

제가 처음으로 보통 사람들에게 전하는 편지를 쓰게 된 것은, 인간이 지상에서의 삶을 시작한 이래… 가장 힘들게 살아온 것이 힘없고 이렇다 할 특권이 없었던 일반 백성이었기 때문에, 저도 같은 부류에 속하는 입장에서 가지게 되는 친근감 때문이라고 생각됩니다.

어느 시대를 막론하고 일반 백성들은 춥고 배고프지 않기 위해 밤낮으로 걱정하고, 땀 흘려 일하고, 권력을 가진 지배자들의 그늘 아래서 많은 경우 겨우 입에 풀칠 정도 하며 살아왔을 것입니다. 항상 힘들 수밖에 없었던 주된 이유는 지배 계층의 그 끝을 알 수 없는 부귀영화를 향한 탐욕이었을 것이니, 우리들의 역사를 되돌아보면 권력자들이 부와 권력을 어느 수준 이상 쌓게 되면 더 큰 욕심이 발동하여 이웃 부족과 이웃 나라를 공격하여 타인과 타민족, 나라의 재산과 생명을 빼앗고 노예로 삼기도 하며 자신의 왕국을 끝없이 넓히는 데에 평생 애를 썼던 것을 모르는 이가 없을 것입니다.

역사상 여러 차례 전 세계를 정복하겠다는 야욕 때문에 세계 정복 전쟁이 있었고, 그로 인해 무수히 많은 사람들이 목숨과 재산을 빼앗기는 고통을 겪었습니다.

하기야 대부분 사람들의 심성이 비슷했을 것이었고, 약육강식의 정글 법칙이 공평하게 적용되었을 것이니 누가 누구를 탓할 필요도 없을 것입니다.

오로지 강한 힘이 법이고 정의(正義)가 되고, 약한 것이 죄며 불의(不義)로 규정되었을 뿐입니다!

인간 삶의 영적인 목적과 윤회의 법칙

제가 이번 생에서 "내가 누군가?", "神은 있는가?", "生과 死의 前과 後에는 무엇이 있는가?" 등에 의문을 가지고 한 우물을 파다 보니 늦게나마 깨우친 바가 있고, 그러한 정보가 많은 이들에게 도움이 되고, 힘든 삶을 살아가는 모든 사람에게 위로가 되고, 삶이 기쁨으로 전환될 수 있다는 것을 느끼고 알았기에… 지금 이렇게 글을 통해 여러분을 만나게 되었습니다.

인간은 윤회를 통해, 반복되는 삶의 체험을 통해서 영적인 지혜와 경험을 넓혀 나갑니다. 전생(前生)과 윤회(輪廻)의 개념은 동양에서는 오래전부터 중요한 진실로서 인정되어 온 것이고, 서양에서도 예수가 살던 시기에도 있었던 개념이나 AD 325년 그리스도교의 신앙선언서인 니케아 신조(信條, Nicene Creed)에서 윤회를 부정한 이후에 서양에서는 주로 부정되어 온 개념입니다.

사람이 죽으면 살아서 지은 선행과 악행의 결과에 따라 천당과 지옥 중 어느 한 곳으로 가게 된다면 당연히 신의 대변인인 성직자의 지시에 얼마만큼 순종하고 잘 따르느냐?! 하는 것이 중요한 일이 됩니다. 성직자에게 밉게 보이거나 저주를 당하면 천당 가는 것은 포기해야 할 것입니다!

모든 인간은 우주를 창조한 근원의식의 단편이다

근원의식이란 우리가 많이 사용하는 神 또는 하나님의 다른 표현입니다.

모든 인간은 神의 분신이며, 神(하느님)과 인간의 관계는 인간인 부모와 자식 간의 관계와 꼭 같습니다.

비유적인 이야기를 하나 하겠습니다.

우리는 사람입니다. 여러분은 혹시나 원숭이들만 사는 나라나, 개들만 모여 사는 도시가 있다면 그곳에 가서 함께 이웃하여 같이 사시겠습니까?

아마도 어느 누구도 말도 통하지 않고, 지능 지수도 현저히 차이가 나는 개나 원숭이와 한마을에 살려 하지 않을 것입니다. 그들은 자기들끼리 따로 살아야지요!

인류사에 큰 족적을 남겼던 선각자 예수가 무어라 했습니까?!

"아버지여 저들을 용서하소서!", "여러분은 내가 한 일을 할 수 있고, 나보다 더 큰 일도 할 수 있습니다!" (요한 14:12)

예수가 한 이 말은 그 표현 그대로 진실입니다!

여러분은 여러분이 만든 자동차나 로봇이 여러분에게 "아버지!" 또는 "어머니!"라고 부르면 어떤 기분이겠습니까?!!

부모는 자신이 낳은 자식이 자기보다 더 위대해지기를 바랍니다!

우리는 우리의 육신의 부모나 영적인 부모의 유전자를 그대로 이어받았기에,

우리의 육신의 부모보다 더욱 큰일도 할 수 있으며

우리의 영적인 부모를 대신하여 존재하는 모든 것을(우주, 별 등) 창조하는 창조자의 역할을 영원한 시간 동안 해 왔던 존재입니다!

지구는 새로운 에너지를 창조하기 위해 선택된 별

스스로 존재하던 신의 가족이 자유롭게 물질우주를 창조하며 진화와 확장을 계속하던 어느 시점에서, 예기치 않았던 정체 상황이 발생하였습니다.

영(靈)—神의 세계에서 물질우주를 창조하고 그 속으로 육화하여 놀던 신의 아이들이,

오랜 시간이 지나면서 서서히 기억 상실 상태로 들어서게 되었고, 희미하게 남아 있던 고향에 대한 그리움은, 자신의 힘을 키우지 않으면 안 된다는 집착과 두려움으로 변형되었으며,

상대의 힘을 빼앗으려는 경쟁과 대결 상태로 서로 맞서기 시작했습니다.

이것은 별과 별 사이의 전쟁으로 비화되었고, 드디어는 전 우주가 전쟁의 소용돌이에 휘말리게 되었습니다. 최근 수십 년 사이에 영화화

된 <스타워즈> 같은 영화는 이러한 상황을 보여 주는 적절한 예(例)입니다.

수백만 년간 계속된 우주 전쟁으로 인하여 모두가 지치게 되었으며, 제한 없는 창조로 확장 진화하던 우주의 약동하는 생명력이 정체 상태에 이르게 되었습니다.

이러한 상황을 극복하기 위해서는 지금까지 창조된 적이 없었던 새로운 에너지가 필요했기에… 전 우주에 걸쳐서 가장 경험이 많고, 강하고 용기 있는 신의 아이들(천사)을 찾는 소집령이 발표되었고, 이에 응답한 많은 노련한 천사들이 모여들었습니다.

그리고 이들은 지구라는 작은 별에서 새로운 에너지의 창조를 위한 작업에 들어가게 되었습니다.

지구별에는 그동안 우주에서 창조되었고, 문제를 일으켰던 모든 에너지가 모아졌으며…

지구로 들어가게 된 천사들은 모두 자신이 그동안 체험하고 경험했던 모든 기억을 지우고, 그들의 천부적인 능력까지도 대부분 제한된 상태로 들어가야만 했습니다.

이것은 오늘날 문명 사회에서 생활하던 도시인이 그들이 가지고 있는 지식과 정보, 경험에 대한 모든 기억을 지운 상태에서… 눈과 귀마저 가려지고 아무런 도구도 없이 무인도나 깊은 정글 속에 버려진 것과 같다고 볼 수 있을 것입니다.

지구에서의 새 에너지 창조를 위해 자원한 천사들은 천사들 중에서도 최고의 경험과 능력을 가졌던 존재였으며, 존재하는 모든 것을 위한 이들의 헌신적인 봉사 행위는 뒤에 남아서 이들을 바라보며 지원해 온 이들의 가족 형제들 모두를 위한 위대한 희생이었습니다.

영겁의 시간 동안 윤회와 환생을 반복하며 지구에 머물러 온 이들 자원한 천사들의 피나는 노력의 결과로, 드디어 2000년을 전후한 시기에 결실을 보게 되었으며,

지구에서 창조된 새 에너지는 지금 우주의 중심으로부터 전 우주를 새로운 차원으로 끌어올리기 시작했습니다.

이 위대한 희생과 봉사에 자원했던 천사들이란 바로 이 시대에 지상에 살고 있는 여러분입니다.

만약 지구에서의 새 에너지 창조 계획이 실패하였다면, 노스트라다무스가 예언했던 1999년의 지구 멸망 가능성이 실현될 수 있었으나, 지구는 이러한 위험 지점을 뛰어넘었으며…

지금은 오랜 시간 자신의 모든 기억과 능력을 상실한 채 처절한 고난의 삶을 반복하여 온 이들 위대한 인간 천사들이 서서히 자신의 기억과 능력을 회복하는 중에 있습니다.

이를 위해 천상의 모든 가족들과 외계 세계의 가족들이 혼신의 힘을 다해 우리를 지원하는 메시지와 에너지를 쏟아 붓고 있으며, 감사와 기쁨의 눈물을 흘리며 다시 기억을 되찾을 가족과의 재회를 위해 모두가 서서 기다리고 있는 것입니다.

제한된 의식에서 완전의식으로의 전환

오랜 시간 제한된 의식 상태에서 두려움과 추위에 떨어 왔던 인류는, 지금 현재 완전의식과 기억 회복을 향한 첫걸음을 떼기 시작했으나, 아직 대부분의 인류는 심각한 기억 상실과 깊은 잠 속에서 아직 잠들어 있는 상태입니다.

지금 이러한 상황을 가능한 한 정확히 설명하기 위해 애를 쓰고 있는 저(필자)도 이제 겨우 희미하게 전체 그림의 윤곽을 파악하고 가슴 깊은 곳에서 되살아나고 있는 내면의 외침소리를 조금 먼저 듣기 시작했을 뿐, 아직 제한된 의식 속에 많은 부분이 머물러 있는 것은 여러분과 크게 다르지 않습니다!

지금 저와 비슷한 수준에서 기억을 회복하고 있는 인간 가족은 약 100만 명 정도인 것으로 짐작되며… 지금부터 우리 모두가 서로를 도와 가며 다시 예전에 우리가 가지고 있었던 모든 체험의 기억과 창조자로서의 능력을 되찾아야 할 것입니다!

그러나 가파른 오르막길은 이미 넘어섰으며,

우리 모두의 DNA 안에 기록되어진 모든 우리의 경험과 잊힌 과거에 대한 기억은 다시 활성화되기 시작했고, 이제는 하루하루 우리의 회복 속도에 가속도가 붙어 나갈 것입니다.

우리의 성공을 기뻐하며 감사의 눈물을 흘리며 기다리고 있는 지구 밖의 모든 가족들을 곧 다시 만나게 될 것입니다!

2) 정치가에게

정치가는 모든 국민을 대표하여 나라를 옳은 방향으로 이끌어 나가고, 모든 국민이 안정과 풍요와 행복을 누릴 수 있는 사회를 만드는 데 가장 중요한 역할을 가지고 있는 사람들이라 할 수 있습니다.

정신적인 풍요를 성직자 그룹이 담당한다면, 물질적인 풍요와 안정된 사회적 질서를 책임지고 있는 것이 정치를 담당하는 입법, 사법, 행정부의 여러 국가 공무원들이라 보입니다.

지금은 전 세계적으로 만인 평등사상이 모든 공동체의 토대가 되었고, 대부분의 나라에서 이러한 원칙이 국가의 기본법인 헌법에 반영되어 있을 것입니다.

그러나 불과 100여 년 전만 해도 많은 나라는 왕정치하(王政治下)에 있었고, 모든 강대국이 자신의 욕심을 충족시키기 위하여 약한 나라를 침략하여 지배하기 위한 식민지 개척의 야욕이 전 세계를 휩쓸었습니다.

우리나라도 일본에게 주권을 강탈당하여, 1945년 일본이 2차 세계대전에 패하기까지 36년간 일본의 식민지 지배하에 있었습니다.

인류의 역사시대, 모든 기록을 살펴보면 어느 사회 어느 국가를 막론하고 칼과 무력으로 강한 자가 약한 자를 억압하고, 왕권을 확립하여 힘없는 자의 생명과 재산을 지배해 왔습니다. 오늘날 제1의 강대국이며 선진국이라고 자부하는 미국에서도 150년 전만 해도 아프리카에서 흑인을 짐승 잡듯 포획하여 노예로 사용하는 것을 당연한 사회적 권리로 인정하였었던 것입니다.

참으로 역사 기록으로 되돌아볼 수 있는 5000여 년 동안 인류는 단지 지식과 기술만 앞섰을 뿐인 동물, 그 이상의 존재가 아니었으며, 어떤 면에서는 짐승보다도 더 잔인하고 흉악한 심성을 가져온 동물이었을 뿐입니다.

수천 년간 인류의 몸과 의식에 깊이 각인되어 온 그러한 성품은 아직까지도 우리 안에 깊이 잠재되어 있으며, 우리의 지역 공동체, 나아가 국가와 전 세계적 구조 내에 매우 다양한 모습으로 살아 있고, 단지 은밀하고 교묘한 방식으로 위장되어 있을 뿐입니다.

겉과 속이 다른 이중적인 의식과 행동이 우리가 스스로 자각 하지 못하는 가운데 만연되어 있다는 것이지요.

그러한 현실의 증거는 우리 주변에 가득합니다. 매년 수백만 명이 음식과 필요한 의약품의 부족으로 사망하는 사실, 극심한 빈부의 양극화 현상, 개인과 작은 그룹의 이익을 목적으로 발생하는 일방적인 전쟁—학살, 주기적으로 나타나는 대규모의 전쟁.

자국의 이익을 목적으로 행해지는 타민족, 문화에 대한 무력점령, 목적을 가지고 저질러지는 사방에 널린 거짓말, 잘못된 범죄적 행위를 보고도 침묵해야 하는 무력한 국민들…

70억 인류 중 이러한 사회적 환경에서 직접, 간접으로 벗어나 있는 존재가 없다는 것을 누가 부인할 수 있습니까?!

이러한 거짓과 폭력으로 가득한 지구촌의 인류는 모두가 그 피해자가 될 수밖에 없으며, 이는 무지(無知)의 결과입니다.

모든 은밀하고 노골적인 기만 행위의 가해자는 그들의 삶의 터전을 스스로 파괴하는 것이며, 그들 자신의 양심과 영혼을 쓰레기통에 처박는 것과 같은데, 우주 불변의 법칙은 "뿌린 대로 거두어야 한다!"는 것이며, 어느 누구도 이러한 법칙에서 예외일 수는 없는 것입니다.

더구나 지금은 인류의식의 수준(파동)이 폭발적으로 급성장 하고 있는 시기입니다.

우리가 눈으로 확인할 수 있는… 정보, 통신 교류의 수단이 하루가 다르게 확장되는 것과 마찬가지로, 인류의식은 그러한 비약적인 확장을 넘어서 새로운 차원으로 이미 도약을 시작한 상태에 있습니다.

'100마리 원숭이 효과'라는 실험 결과에 대해서는 이미 많은 분들이 알고 계실 것입니다.

이것은 어느 고립된 섬에서 살고 있는 원숭이가 고구마를 물에 씻어 먹어 보니 흙이 씹히지 않아서 좋다는 것을 발견하고 물에 씻어 먹기 시작했는데, 그렇게 행동하는 원숭이가 100마리에 달하게 되자, 다른 섬이나 지역에 살고 있던 모든 원숭이들이 동시에 같은 행동을 시작했다는 것을 발견한 조사 결과인 것입니다.

이것은 눈에 보이지 않는 일부 원숭이의 의식과 행동 양식이 시, 공을 초월하여 사방으로 확산되는 것을 보여 주는 것이며, 이러한 방식으로 인류의식의 변형과 상승의 파동은 일시에 지구 전역으로 영향을 미치며, 이것은 지구 밖으로까지 그 빛을 발산하게 되는 것입니다.

500여 년 전 인류 문화(서양의 경우이고, 한국은 수천 년 전에 이미 최고의 경지에 있었음)의 의식 변화의 싹이 텄다면, 지금은 그 꽃을 피우는 단계에 도달했습니다. 지금은 인터넷이라는 정보 전달 도구(수

단)의 생활화로 지구의 한 구석에서 일어난 일이 한순간에 지구 전 지역으로 확산될 수 있는 시대로 접어들었으며, 그와 마찬가지의 속도로 인류의 평균의식은 기하급수적인 속도로 성장해 나가고 있습니다.

정부의 입법, 사법, 행정 분야에서 종사하는 분들은, 한 국가의 이상적인 발전과 안정에 있어서… 가장 크게 작용할 수 있는 위치에 있는 것이며, 정치(政治)라는 것의 목적이 개인의 부귀영화를 위한 것이 아니라 모든 국민의 행복과 번영을 위한 것임은, 지금 모든 국민이 합의하고 있는 것입니다.

그래서 모든 정치가는 국민의 뜻을 살피고, 국민 전체의 균형 있는 이익을 위해 봉사하는 자세로 일해야 하며, 그가 얻는 대가는 돈과 권력이 아니라 모든 국민으로부터 돌려받는 사랑과 감사와 존경심으로부터 오는 명예입니다.

옛날부터 왕권을 장악하고 힘으로 자신의 왕국을 넓혀 온 지배자들의 의식은 생존본능에 기반한 두려움에서 작용하기 시작했던 것이며, 모든 인간의 본질은 어버이 창조주 신의 귀한 분신인 영(靈)이란 것을 알지 못한 무지의 상태에 있었던 것입니다.

강한 무력을 바탕으로 일정한 세력을 확보하면, 인간의 이기적인 욕망이 발동하기 시작하여, 전 세계를 소유하기 위한 목적에서 세계 정복 전쟁을 일으키는 일이 인류역사에 주기적으로 나타났으며, 그로 인해

흘린 피와 고통은 얼마나 컸습니까?!

그리고 그들 정복자들은 자신의 생명을 지키기 위해 몇 십 년도 안 되는 삶을 긴장과 두려움으로 소모했습니다.

제가 보기에 물질적 풍요와 권력을 구하기 위해 평생 애쓰는 이들의 의식의 뿌리는 생존을 향한 두려움에 있습니다. 큰 물질과 강한 권력이 있을 때, 자신의 생명이 안전하리라는 본능적 두려움이 수단과 방법을 가리지 않고 그러한 것을 구하는 행위에 집중하게 하는 것이며, 그러한 무의식에 기반 한 습관이 살아 있는 동안 더 큰 부와 권력을 맹목적으로 추구하게 하는 것입니다.

이와 반대로 만약 모든 인류가 나의 가족이며 형제라는 것을 이해하고, 서로 돕고 사랑하는 삶을 가지게 된다면, 그러한 사람에게는 지구는 물론 존재하는 모든 것—무한한 우주까지도 나의 모든 형제들과 공유하는 내 자신의 소유가 될 수 있는 것이며, 그때에 진정한 평화와 행복이 얻어질 수 있는 것입니다.

지금까지 인류는 암흑의 긴 세월을 지나왔습니다.

영겁의 시간 동안 수백, 수천의 삶을 반복하면서 온갖 체험을 다 겪었습니다.

모든 인간의 DNA 안에는 모든 전생의 삶의 기록이 저장되어 있으며, 지금까지 그것은 깊은 잠에 빠져 있었습니다.

그러나 오래고 오랜 시간 반복하여 쌓아 온 삶의 체험들이 깨어나기 시작했으며, 따뜻한 봄날 작은 씨앗에서 싹이 트기 시작하듯 눈을 뜨기 시작했습니다.

神의 귀한 자녀인 인간 천사들의 영(靈)이 자신의 모든 기억을 지우고 인간의 몸으로 들어와서 답답하고 꿈꾸는 듯한, 처절한 생존을 위한 온갖 고통을 감내해 온 것에는 '위대한 희생'이란 진실이 숨겨져 있었습니다. 이미 수백만의 인간 천사가 자신이 누구이며, 왜 이곳에 지금 있는가?!에 대하여 잠자던 기억들을 되살리기 시작했으며.

그러한 기억들은 곧 우주를 창조하던 창조자의 권능으로 회복될 것이며, 쓰나미처럼 한 순간에 지구의 빛과 소리를 바꿀 것입니다.

이 지구는 특별한 자유 의지의 행성이며, 새로운 에너지의 창조를 위해 준비되었던 실험 행성입니다. 연극과 드라마에 출연했던 배우가, 극이 끝나면 함께 자축 파티를 가지듯…

이곳 지구에서의 모든 삶은 하나의 가상 현실에서 연출된 드라마일 뿐이며, 모든 드라마의 끝에 종합적인 평가는 있겠으나, 천국과 지옥으로 갈리는 심판은 없습니다.

단지 각자가 지구에서의 학습에서 얻은 체험으로 성숙된 수준에 따라, 그에 맞는 새로운 수준과 환경에서 다시 시작되는 창조와 탐험의 새로운 삶이 있을 뿐입니다.

존재하는 모든 것의 근원은 영원한 생명이며, 그것은 조건 없는 무한한 사랑입니다.

두려움은 창조계의 확장과 진화를 위해 필요했던 거울이며, 환상일 뿐입니다.

지금은 모든 정치 영역에서 인류라는 거대한 배의 키를 잡고 있는 이들이 잠시 멈춰 서서 자신의 내면 깊이 간직해 온 사랑과 빛의 씨앗을 다시 찾아 양지바른 곳에 묻고, 매일 아침저녁으로 물을 주고 싹을 틔워야 할 때입니다.

여러분이 알 필요가 있는 모든 자료와 정보는 이미 몇 십 년 전부터 쌓여 왔으며,

이제는 즉시 여러분의 안방에서 그것을 찾아 확인해 볼 수 있고, 이미 여러분은 사회생활에서 여러분의 상식을 벗어난 일들과 현상들을 체험해 왔을 것입니다.

인간의 죽음은 새로운 삶의 시작일 뿐이며, 물이 수증기로 변하는 것과 같은 것이고, 인간의 몸은 영혼이 새로운 체험을 위해 갈아입는 옷

과 같은 것이라는 것을 스스로 재확인하고, 항상 기억하며 모든 두려움의 환상에서 벗어나시기 바랍니다.

또한 진실만이 강한 힘이며, 오직 정직함만이 평화와 기쁨의 세계로 우리를 건네줄 수 있는 나룻배라는 것을 가슴에 새기시기 바랍니다.

우리에겐 오로지 지금!이란 이 순간만이 변하지 않는 현실입니다.

과거는 스쳐 간 꿈이며, 미래는 우리 마음속에만 존재하는 두려움입니다.

모든 실패와 추락은 도약과 성장의 발판이 되며, 우주는 조건 없는 무한한 사랑으로 우리와 함께 영원히 존재하는 세계입니다.

지금 이 순간 새롭게 시작되는 우주적인 축제에 모든 인류 가족과 함께 동참합시다!

3) 정신계와 종교계의 지도자들에게

종교와 靈一神의 영역을 탐구하시는 분들은 우리가 누구이며?! 우주의 본질은 무엇인가?!에 대한 진실을 밝혀, 모든 사람들의 삶에 기쁨과 평화를 가져오고, 사람이 살아가는 데 도움을 주기 위한 길 안내자며

교사의 역할을 하시는 중요한 분들입니다.

여러분은 인류 사회의 선두에서 길을 찾고, 인도하는 위치에 있기에, 여러분의 판단과 선택을 뒤따라오는 수십억 인류의 삶은 지옥과 같은 정글의 미로를 헤매는 것이 될 수도 있고, 물과 꽃과 열매가 풍요로운 낙원에서의 삶이 될 수도 있습니다.

한마디로 달리 말하면, 여러분은 모든 인류의 삶에 대해 가장 큰 책임과 역할을 가지고 계신 분들입니다!

오늘날 우리 인류의 삶은 어떻습니까?

낙원과 같습니까? 아니면 지옥과 같습니까?!

5000여 년이 넘는 역사시대 동안 항상 성직자 계층은 있었고, 인간의 生과 死의 경계를 넘어선 영역과, 존재하는 모든 것의 실상(實相)에 대한 진실을 찾기 위해 진지한 노력이 계속되어 왔습니다.

그리고 대부분의 종교들이 가장 소중하게 추구해 온 것은 사랑과 자비, 용서와 관용, 인내와 같은 미덕입니다. 그럼에도 불구하고 우리 인류 사회는 종교가 다르고, 이념이 다르고, 언어와 혈통이 다르다는 이유로 끊임없는 전쟁과 다툼을 계속하여 왔으며, 오늘날은 서로가 전쟁을 위해 비축한 무기가 지구를 수십 번이라도 파괴하고 남을 만큼 넘쳐납니다.

그 주된 원인은 몇 가지로 분석해 볼 수 있겠으나, 일단 결과를 놓고 볼 때, 인류의 정신적인 지도자로 자처해 온 모든 성직자와 영적, 정신적 교사들은 그들의 역할에서 크게 실패했습니다.

역사 시대만 따져도 5000여 년의 긴 시간이지만, 그들과 여러분은 모두 실패했습니다.

이러한 실패의 책임에서 벗어날 수 있는 존재는 아무도 없습니다.

우리가 기억하고 있는 많은 위대한 선각자와 교사들이 항상 지구 위를 함께 걸었고, 또 반복해서 걸어왔지만, 이 시대를 살고 있는 우리들 모두를 포함해서 결과를 놓고 볼 때, 모두가 함께 져야 할 책임입니다.

모든 병의 치료가 그 원인을 정확히 알았을 때 가능하다는 것을 생각하면, 지금까지 우리 모두가 세웠거나 믿어 왔던 모든 가정(假定)과 판단들이 핵심을 벗어난 상태에 있지 않았을까?!를 숙고해 보아야 할 때라고 생각됩니다.

인류 역사상 수많은 사람이 자신의 진실을 외치다 죽어 갔습니다. 목숨까지도 포기하며 지켜야 했던 진실! 그것은 누구를 위한 신념이요 앎이었겠습니까?! 제가 보기에 그것은 자신의 형제, 가족, 나아가 모든 사람들에 대한 사랑의 표현이었을 것입니다.

모든 사람은 한 존재로 이 세상에 태어나서 오감으로 현실을 인식하게 되고, 죽음이라는 마지막 지점을 바라보게 될 때, 참으로 큰 두려움을 느끼게 되고, 어느 시대나 그 답을 찾기 위해 노력했으며, 몇몇 뛰어난 존재들의 가르침을 중심으로 많은 종교들이 생겨났습니다.

우리가 오감으로 인식하는 모든 자연현상에는 하나의 원칙이 작용합니다. 삼차원 현상계에 작용하는 원리들이 일관된 하나의 법칙 아래 작용하고 있기에, 보이지 않고 오감의 범위를 넘어선 세계도 역시 단일한 세계일 것으로 유추하는 것은 자연스러운 판단입니다.

그러나 신의 영역, 종교의 영역으로 들어가면서 우리 인류 사회에는 수백, 수천의 서로 다른 종교관, 우주관이 존재합니다.

한 그루의 꽃나무를 70억의 인류가 함께 보고 각각 그림을 그린다면 완전히 일치하는 그림이 있겠습니까?!

제가 보기에, 지구 위를 걸었던 많은 현인(賢人), 선각자들이 보고 깨달았던 진실은 모두 같은 것이었다고 생각됩니다.

저의 개인적인 체험에 비추어 종교에 대하여, 인간의 본질에 대하여, 지금 제가 가지고 있는 저의 진실에 대하여 잠시 이야기하겠습니다.

제가 태어나서 20년 가까이 접했던 종교관은 기독교였습니다. 저의 친할아버님은 평양에서 교회를 세웠던 분이시고, 부모님 역시 기독교 신앙을 가지고 살아오셨습니다.

저 역시 어린 시절 유아세례를 받았고, 청소년 시기 내내 그리고 중, 고등학교 6년을 미션스쿨(大光)에서 성경과 함께 지냈습니다.

그러나 16-17세경부터 여러 신학 이론의 이해하기 어려운 모순점에 대해 의문이 생기기 시작했고, 어느 누구로부터도 납득할 만한 설명과 답변을 들을 수 없었습니다. 그리하여 고등학교 졸업을 전후한 시기부터 저는 스스로 그 답을 찾기로 결심했고, 그동안 가지고 왔던 모든 신학 이론을 내려놓고 새로운 탐험의 길을 떠났습니다. 지금 기억하기에 그때의 나는 오랫동안 누워 있던 병상에서 일어난 듯 후련하고 상쾌한 기분이었습니다.

그 후 지금까지 약 40여 년, 저의 삶은 새로운 세계를 발견하는 기쁨이 반복되어 온 생활이었으며, 지금은 캄캄하던 밤이 다 지나가고 밝은 태양이 중천에 뜬 것과 같은 상태에 있습니다.

기독교는 제가 잘 알고 있는 종교관이고, 평생을 독실한 기독교의 신자로 살아오셨으나, 기쁨과 평화가 아니라 사후의 심판에 대한 두려움을 안고 살아오신 어머니의 모습을 곁에서 바라보며 느끼고 있는 연민과 슬픔 때문에…

저는 항상 예수가 가르친 많은 진실과 그 안에 담겨 있는 '존재하는 모든 것에 작용하고 있는 궁극적 원리'에 대하여 이야기하고 싶었습니다.

기독교의 발단이 되었던 임마누엘 예수의 일생과 그의 가르침은, 심오한 진실을 밝힌 지혜와 사랑의 열매였습니다. 많지 않은 그의 비유를 통한 가르침은 쉽고 짧은 이야기였으나, 그 안에는 큰 지혜와 아름다운 생명의 빛이 가득합니다.

그가 어떠한 과정을 통해 태어났든 그는 한 여인의 몸을 통해 태어났으며, 우리와 같은 한 인간으로 지구 위를 걸었습니다. 그는 우리 사람이 그와 마찬가지로 '그가 한 일은 물론이고, 그보다 더 큰 일도 할 수 있다고'(요한복음 14:12) 확언하였으며, 이는 내가 지나온 여정 속에서 한 치의 오차도 없이 확인할 수 있었던 진실입니다.

우리의 본질은 100여 년 살고 사라질 뿐인 몸에 있는 것이 아니고, 영원히 살아 있는 영(靈)이고 우리가 영의 부모인 창조주로부터 태어났기에, 사람이 부모로서 가지고 있는 특성은 바로 창조주 신의 마음이라는 것이 제가 확인할 수 있었던 진실이며, 그것은 유태 민족의 역사서(예언서)인 Bible에 기록된 예수의 가르침 모두를 통하여 나타났던, 명쾌히 이해할 수 있는 원리입니다.

제가 명료한 앎의 수준에서 말할 수 있는, 우리의 귀한 형제 예수 임마누엘이 비유로 가르친 '돌아온 탕자'의 이야기 속에는 집을 떠나 잘못된 길에 들어서고, 타락과 절망의 끝에 이르러 집에 돌아올 수밖에 없었던 방탕한 자식을 극진히 반기며 큰 잔치를 벌인 부모에 대한 이야기가 있습니다.

이 이야기 속에 담긴 진실은 '우리에게 잘못한 사람을 일곱 번씩 일흔 번이라도 용서하라고' 하였던 예수의 가르침과 함께, 조건 없는 무한한 사랑을 가지고 계신 어버이 신의 마음과 성품을 알려 주는 중요한 것입니다.

창조주 어버이 신의 고귀한 자식으로 태어난 인간(靈)이 짐승만도 못한 행동을 하며 살아온 데에는 심오한 진실이 숨겨져 있습니다.

하나의 비유적인 이야기를 하겠습니다.

위대한 대 제국의 왕의 아들(딸)로 태어난 한 왕자(공주)가 있었습니다. 왕자가 태어나고 몇 년 후에 있었던 이웃 나라와의 큰 전쟁 중의 극심한 혼란 속에서 왕은 왕자를 잃게 되었으며, 어린 왕자는 목숨은 구할 수 있었으나 머리에 큰 충격을 받고 모든 기억을 잃어버렸고, 다행히 비천한 백성으로 살고 있었던 한 부부에 의해 발견되고 양육되었습니다. 이 어린 왕자는 새로운 부모를 친부모로 알고 성장했습니다. 삶은 고난의 연속이었으나 제왕의 피를 받았던 이 왕자는 남달리 지혜롭고 용감하였고, 그러한 비상한 재능으로 인하여 친부모인 왕의 군대의 유능한 장군이 되었습니다.

이 장군이 어느 전투에서 큰 상처를 입고 치료를 받던 중, 기억을 상실하기 전에 몸에 가지고 있었던 특이한 상처의 흉터를 발견한 왕과 왕비인 친부모를 만나게 되고, 잊었던 어린 시절의 기억과 함께 귀한 왕자의 신분을 되찾게 되었습니다.

그 후 그는 왕국을 이어받을 형제가 여럿 있었음에도, 왕의 자리를 물려받아 백성을 사랑하는 위대한 왕으로 그의 왕국을 몇 배 크게 넓혔으며, 가장 위대한 왕으로서 기억되었습니다.

왕국의 뿌리가 되는 천한 백성의 희로애락을 모두 체험해 본 왕과, 오로지 안락한 왕실에서의 안락함 속에서 성장한 왕은 어떠한 차이가 있겠습니까? 천민의 삶을 몸으로 체험한 왕은 모든 백성을 친 형제, 자식처럼 이해하고 사랑할 수 있기에 더욱 지혜롭고 귀한 경험을 가진 위대한 왕이 될 수 있지 않겠습니까?!

자신의 위대함과 창조자로서의 권능과 체험의 기억을 모두 지우고, 인간으로 육화하여 생존을 위해 처절한 두려움과 고통을 반복하여 온, 근원의 창조주의 귀한 자녀인 인간(靈)의 삶에는…

장대한 창조계가 더욱 높은 차원으로 날아오르기 위해 필요했던 새로운 에너지의 창조라는 고귀한 목적이 있었던 것이며, 스스로 자원하여 선택했던 큰 희생의 위대함이 있는 것입니다.

그러하기에 영겁의 시간 동안 온갖 어려움을 인내하며 지구라는 무대에서 살아온 인간의 여정을 바라보며, 고향에 남아서 지원하며 애태우던 어버이 신과 형제들의 눈과 가슴에서 흐르는 감사와 사랑의 눈물!

드디어 목적했던 새로운 에너지를 창조하게 된 것을 기뻐하는 고향의 가족들이 눈물로 우리의 발을 씻어 주고 있는 것입니다.

인류사에 기록된 많은 선각자와 메신저들, 그들은 위대한 진실의 빛을 전하기 위해 자신의 생명을 바쳐 가면서 진리를 외쳐 왔으며, 자신의 진실을 지키기 위해 죽임을 당한 귀한 형제가 얼마나 많았습니까?!

그들이 흘린 피는 그들이 인식하지 못했을지는 모르나, 신의 아들, 딸인 그들의 핏속에, DNA 속에 잠재하고 있던 어버이 신의 무한한 사랑의 씨앗 때문이었으며,

그들이 자신의 진실을 지키기 위해 목숨을 버렸던 것은, 지구라는 중요한 별에서 창조되어야 할, 존재하는 모든 것을 더욱 크고 넓은 세계로 도약할 수 있게 할 새로운 에너지의 창조를 위함이었으며, 그것은 존재하는 모든 것에 대한 조건 없는 극진한 사랑이 있었기에 가능했던 일입니다!

영(靈)들이 스스로 계획하고 도전했던 지구에서의 실험은 목적했던 새로운 에너지를 성공적으로 창조하게 되었으며, 만약 이번 지구 문명에서의 도전이 실패로 끝나게 되었다면 노스트라다무스가 예언했던 지구 멸망의 가능성이 1999년경 우리의 현실이 되었을 것입니다! 아틀란티스와 레무리아가 흔적 없이 사라졌던 것처럼!

예수 임마누엘의 진실 - 하나의 진실

제가 느리지만 꾸준히 하나의 초점을 가지고 살아왔던 이번 생의 여행길에서 만났던 여러 선지자의 가르침, 가장 큰 인연으로 만났던 예수 임마누엘. 전래되어 온 많은 민족적 지혜. 석가모니, 노자, 공자 등의 가르침. 인류 역사 시대를 통해 나타났다 사라진 많은 우주—신관(神觀), 사상과 이념. 여러 지역의 토속신앙!

그리고 무엇보다도 1990년대로 들어서면서 책과 인터넷을 통해 알려지고, 지금도 홍수처럼 밀려오고 있는 지구 외부와 내부의 지적 문명 세계로부터의 메시지(정보),

우리들 영혼의 고향인 베일 건너편 하늘(천상) 형제들로부터의 가슴을 울리는 감동과 함께 전해지는 메시지는 모두 혼란과 대립이 없는 하나의 진실로 조화롭게 일치되고 있습니다!

인류의 지식과 기술은 원시 상태로부터 오늘날과 같이 무한한 우주로의 여행을 시작하는 단계에 이르기까지 확대 발전하였으며, 인류의 의식은 계속 성장하여 왔습니다.

지난 세월 개인과 개인, 가족과 가족, 부족, 민족, 국가 간에 있었던 끊임없는 갈등과 대결은, 이제 지구촌 전체가 일일 생활권으로 좁혀지고, 한 순간에 지구의 반대편에서 서로 대화할 수 있는 지점까지 온 상태에서… 그 끝을 볼 만한 지점에 이르렀습니다.

이제 지구촌의 전 인류는 모두가 지구라는 작은 마을의 한 가족임을 깨닫고,

나아가 존재하는 모든 것이 동일한 근원에서 비롯된 한 형제, 가족임을 알아야 하며, 지구에서 무수한 삶을 반복하며 살아온 인류가 누구인가를 자각하여 제2의 창조계로 도약하지 않으면 안 됩니다!

지금의 지구 현실을 볼 때, 아직도 매년 수백만 명이 기아와 영양 실조로 생명을 잃고,

끊임없는 전쟁으로 많은 이들이 죽임을 당하고,

한순간에 전 인류가 멸망으로 갈 수 있는 충분하고도 남는 무기를 갖추고 서로 경계하고 있는 지구 상황에 대해, 어느 누구도 책임을 면할 수 없으며…

특히 지금 살고 있는 정신계, 종교계의 지도자로 자부하는 모든 사람들의 공동책임임을, 지금 이 순간 스스로 자각 하고, 지금까지 가지고 온 모든 견해와 믿음을 총체적으로 재점검하여야 할 것입니다!

우리가 참고하기에 충분한 자료와 정보는 우리 주변에 이미 충분하고 남을 만큼 쌓여 있습니다!

필요한 것은 편안하게 느껴지는 좁은 울타리를 벗어나는 것이며,

수백, 수천 년 전의 기록에만 매달리지 말고, 지나온 수천 년간의 인류의식의 변화와 성장 과정을 살펴보면서, 어린아이와 같이 열린 마음을 가지고 새로운 세계로 과감히 뛰어들어 전진하는 용기와 적극성뿐입니다!

자식이 빵을 달라고 하는데 독사를 줄 부모가 어디에 있겠습니까!

한 마리의 길 잃은 어린 양을 찾아 밤길을 헤매는 목동의 마음이 바로 부모의 마음이며, 어버이 신의 마음인 것을, 이미 2000년 전의 한 선각자가 쉽게 알려 주었는데도…

자식의 고통은 부모의 더 큰 아픔이 되며,

자식이 행복과 기쁨에 거하기를 소원하는 것이 부모의 마음이며,

먹을 것이 없으면 자신은 굶어도 자식에게 남은 것을 모두 주는 것이

부모의 마음이 아닙니까?

자식에게 지식과 지혜를 가르치기 위해 소 팔고 집 팔아, 평생 허리가 휘도록 일하는 것이 부모의 마음일진대…

무한한 사랑을 가지신 전지전능한 어버이 신께서 불의 지옥을 준비하고, 심판을 위해 기다리고 있다는 이야기를 듣고,

숨을 거두는 날! 지옥의 형벌을 면하기 위하여…

평생을 처절한 두려움 속에서, 구원받을 수 있다는 하루하루의 위안을 벗 삼아…

쓰러질 때까지 뛰고 또 뛰는 우리의 가족! 우리의 형제가 얼마나 많습니까!!

죄가 있다면! 잘못 안 것을, 스스로 충분한 확인을 거치지 않고 가르쳐서 많은 중생을 고통의 늪으로 데려가는 종교계의 지도자만큼 큰 죄인이 없을 것입니다!

내게 진정한 기쁨과 감사가 없다면, 두려움이 내 안에 남아 있다면!

그것은 무한한 사랑! 그 자체이신 우리의 영적인 부모가 바라는 것이 아니며,

무언가 잘못된 길에 들어선 증거일 뿐입니다.

문은 두드리면 열립니다!

구하면 얻습니다!

끝까지 두드려 보지 않고, 끝까지 구해 보지 않고!

많은 어린 영혼들을 가르치고, 목자의 역할을 해 온 이들이 많았기에

아직까지도 지구는 피 흘림과 고통의 눈물이 그치지 않는 것입니다!!

모든 인류가 오랜 시간 겪어 온 수많은 고통과 눈물!

그것은 무의미한 것이 아니었으며

오로지 기쁨과 감사와 사랑만을 알았던 영(靈)이

자신의 본성이 아닌 것을 체험함으로써 스스로가 누구인지를 재확인하고,

한때 정체 상태에 이르렀던 창조계를 새로운 차원으로 도약시키기 위해 필요했던 새로운 에너지를 창조하기 위한

위대한 희생의 행위였습니다!

지금은 스스로 지웠던 모든 기억을 되살리고

존재하는 모든 것이 함께 우주적 축제를 시작해야 할 때입니다!

4) 언론, 방송인, 판-검사, 군-경찰들에게

언론, 방송인이 진실되고 중요한 정보를 전하고 가르치는 이들이라면,

판, 검사는 法과 사회 규범의 잣대로 진실을 가리고 분쟁을 해결하며, 공정한 판단을 내려

국가와 사회의 질서와 정의(正義)를 유지하는 일의 담당자이고,

군과 경찰은 헌법과 법을 기준으로 국가의 안위와 국내의 안정되고 균형 있는 질서를 지키는 지킴이라 할 수 있습니다.

언론, 방송인, 판-검사, 변호사, 軍과 경찰은 한 나라에서 제1의 기준으로 정한 헌법과, 제반 법률과 사회적 규범에 따라, 공동체의 약속과 안정과 질서를 지키는 제1선에 선 관리자들이며, 이들이 진실과 정직함을 가지고 자신의 역할을 다하지 않으면, 사회와 국가는 병들고 쇠약해져 스스로 붕괴할 수밖에 없습니다.

그러나 오늘날의 세태는 과정은 중요하게 여기지 않고, 오직 결과에만 초점을 맞추기 때문에, 앞에서는 비난할망정 돈과 권력을 가진 자가 어떠한 수단과 방법으로 그것을 얻었든 간에 겉모습을 보고 부러워하며, 양심과 진실보다 돈과 권력이 더 큰 힘을 가지는 경우가 많습니다.

이러한 부조리, 불법적인 행위가 만연된 원인으로는

첫째 언론 방송인들이 진실을 구하지 않고, 부와 권력의 힘에 눌리거나 굴복하고, 나아가 소수의 무리는 적극적으로 권력과 손을 잡고 개인의 눈앞의 이익과 안위를 위해, 진실을 왜곡하고, 국민의 눈과 귀를 가리고, 우민화 정책에 적극 가담한 경우가 많았던 것에 원인이 있습니다. 실제로 자신의 양심을 지키기 위해서는 목숨과 모든 경제적 기반까지도 포기해야만 했었던 것이 지금까지 우리의 사회 현실이었던 것은 상식에 가까운 이야기입니다.

둘째 정의와 법과 양심에 따라 판단해야 할 판사와 검사, 변호사들 중의 상당수가 자신의 출세와 개인적 탐욕에 눈이 어두워져 법의 잣대를 임의로 늘리거나 줄이는 등의 천박한 행위로 자신의 양심과 가족과 사회를 속여 온 것이 두 번째로 중요한 원인이 될 것인데,

시중에 만연한 "유전무죄, 무전유죄!"라는 현실을 꼬집는 이야기가 그러한 타락의 증거라고 보아도 결코 무리가 아닙니다. 또한 이러한 양심의 부패는 개인적 차원보다도 집단적, 조직적 권력의 강압과 개입에 1차적 원인이 있음, 역시 상식이라 볼 수 있습니다.

셋째로 나라를 지키고 헌법을 수호해야 할 군인과 경찰이 전 국민이 함께 지키기로 약속한 헌법과 법의 원칙에 충실하지 못하고, 양심을 버리고 탐욕을 선택하거나, 자신의 생명과 안위를 지키기에 우선하여, 부패한 권력과 불의에 굴복하고, 로봇과 같은 위치로 스스로 물러나는 유

약(柔弱)함을 선택한 것에 있을 것입니다.

이보(二步) 전진을 위한 일보(一步) 후퇴가 있습니다. 많은 경우에 당장의 결과를 예측하고, 후일의 적절한 때를 기다리는 인내심과 지혜를 선택하는 상황이 있었을 것입니다.

그러나 궁극적으로 우리의 사회는 불의에 항거하여 자신의 목숨도 내어 놓는 이들의 투쟁에 의해 발전하고 성장하여 왔습니다.

진실과 거짓, 이타심과 이기심, 사랑과 두려움 등 서로 반대되는 심성은 항상 인간의 마음 안에 있었습니다.

그러나 인류의 역사는 물리적 힘이 항상 정의로 규정되어 왔고, 힘을 가진 자에 의해 역사는 기록되었습니다. 현대에 이르러 이론적이나마 정착된 만인 평등사상, 법치주의, 남녀평등, 주권재민(主權在民)의 사상은 자신의 신념과 진실을 지키기 위해, 자신은 물론 가족에게까지 돌아오는 생명에 대한 위협을 무릅쓰고 외롭게 양심을 지켰던 이들이 흘린 피의 대가라는 데 누가 이의를 제기할 수 있겠습니까?!

많은 그들이 자신의 목숨까지 의연하게 희생할 수 있었던 것은, 자신 하나만을 위한 것이 아니라, 설사 그들이 명확히 의식하지 못했을 수는 있으나, 자신과 같은 위치에 있는 많은 이들을 위한 연민에 그 뿌리가 있었을 것이며, 그러한 용기와 열정은 모든 인간 내면에 잠재하고 있는 만인 만물에 대한 사랑으로부터 왔을 것입니다. 권위와 권력, 불의에 굴복한 이들은 인간적 두려움에 압도되어 그들 내면의 양심과 사랑의 씨앗을 살리지 못했을 뿐입니다.

사정이 그러하기에 대부분의 사람은 목숨을 던져 가며 자신의 진실과 신념을 지키고 불의한 권위와 세력에 맞섰던 이들을 존경하며 사랑하는 것이 아니겠습니까?!

한편으로 보다 정확히 판단한다면, 자신의 양심과 진실을 지키지 못하는 것의 더 큰 요인은 무지(無知)라고 생각합니다. 어떤 결단을 요하는 일과 마주 섰을 때, 그 일의 원인과 내용의 실상에 대해 전혀 알지 못하거나 자세히 모르기 때문에 확고한 앎에서 나오는 신념을 가질 수 없는 것은 자연스런 현상입니다.

한걸음 더 나가 보면, 더 많은 경우에 작용했던 것은 빗나간 교육과 종교와 습관에 의해 세뇌되어, 바르고 정확한 판단을 할 수 없었던 경우가 가장 큰 사회적 문제의 원인이었을 것으로 판단됩니다.

이것은 어느 누구도 예외로 벗어날 수 없는 인간 조건이라고 볼 수 있는데,

인류가 아직까지도 심각한 전쟁과 사회적 갈등 속에서 방황하고 있는 것의 주된 원인이 바로 이것! 無知와 스스로 내면의 지혜를 구하지 않고, 듣고 보는 것을 분별없이 받아들이는 습성 때문입니다.

이러한 이해에서 판단할 때, 거짓을 말하고 진실을 숨기는 언론이나 방송의 책임과 폐해는 참으로 큰 것입니다. 자신과 소수 특권 계층의 목적을 위해서 여론과 진실을 왜곡하는 이들은 사회를 병들게 하고, 인류 사회를 더욱 깊은 수렁으로 몰아가는 자이며, 자신의 자식, 가족에게도 속이는 것을 가르치는 사람이고, 그들의 후손에게 고통과 불행을 남겨 주는 이입니다.

특히 과거 오래 전에는 인류의 의식이 미개하여 힘을 가진 자들이 폭력적인 권력으로 세상을 지배하기가 쉬웠으나, 많은 의로운 이들의 노력으로 지금의 세계는 주권재민(主權在民), 만인 평등의 사상, 법치주의의 사상이 일반화되어 있기 때문에,

권력을 가지고 자신의 이익만을 구하는 이들은 매우 지능적인 방법으로 인류와 국민의 눈을 가리고 속이고 있으며, 신문, TV, 영화, 잡지 등의 대중 매체(大衆媒體)가 그 대표적인 수단입니다.

그래서 많은 대중은 그들이 주로 접하는 대중매체를 통해 눈과 귀가 가려지고, 거짓을 진실로 알아 적과 아군을 거꾸로 판단하는 우를 범하게 되는 것이 아닙니까?

기만술을 통해 세상을 지배해 왔고, 지배하려는 이들에게는 모든 정보와 진실의 원천인 언론과 방송을 장악하는 것이 첫째로 중요한 일이고, 또 그것이 가장 효과적인 도구가 되기 때문에…

진실을 알기 원하는 이들은 항상 대형 보도매체를 통해 전달되는 여러 정보와 소식을 분별없이 무조건적으로 수용해서는 안 되며, 항상 전해지는 정보 이면의 진실을 파악하기 위해 넓고 깊게 모든 사회 현상을 관찰하고 분석해야 하는 것입니다.

다행히 오늘날은 인터넷이란 인류 역사상 최고, 최대의 발명품이 사회 전반에 확산되어 있어서, 대형 언론 매체와 방송을 통한 통제가 불가능한 시점에 도달하였습니다.

또한 많은 양심적인 언론인과 교육자, 일부의 성직자들이 진실을 외치며 외로운 싸움을 계속해 오고 있습니다.

이들 정직한 이들을 돕는 최선의 길은 모든 보통 사람들이 진실과 거짓을 바르게 분별하기 위해 스스로 노력하는 일이며, 이미 필요한 정보와 지식은 우리 주변에 가득합니다. 단지 현실 세계의 무수히 많은 부조리와 고통과 폭력이 왜?! 아직도 우리 주변에 가득한가?!에 대해 의문을 가지고, 그 답을 스스로 찾겠다는 결단이 필요합니다.

지금까지 인류 사회를 주도해 온 소수 탐욕적인 권력자들의 거짓과 우민화 정책을 벗어나기 위해서는, 먼저 언론 분야에 종사하는 이들이 모두가 한마음으로 호구지책에 연연하지 말고, 용기를 내어 진실을 있는 그대로 말하기 시작해야 하며,

법조계와 군, 경찰에 종사하는 이들이 탐욕과 밥 세 끼의 노예가 되어 권력과 불의에 굴종하는 삶을 청산하고, 먼저 오랜 시간 숨겨져 왔고 왜곡되어 알려진 모든 사회의 구조적 부조리를 바로 알기 위해…

책과 인터넷을 통해 이미 거의 모든 것이 드러난 정보와 진실을 향해 눈과 귀를 열지 않으면 안 됩니다.

물리적인 힘이나 행동보다 더 큰 힘은 우리의 의식(意識-思考)의 힘입니다.

우리 인간은 존재하는 모든 것의 원인자인 神—근원의식에서 비롯된 존재이기에, 우리가 꿈꾸고 염원하는 것은 무한한 힘을 가지고 있으며, 진실을 깨닫고 자신이 누구인지를 아는 한사람의 힘은 거짓을 말하는 이들 천, 만을 압도할 수 있습니다.

지금 이 순간에도 깨어나고 있는 인류의 수는 기하급수적으로 증가하고 있으며

곧 한순간에 이 세상을 모든 인류가 바라는 지상 낙원으로 바꿀 것입니다.

구세주가 나타나 우리를 구하는 것이 아닙니다!

잠에서 깨어난 우리 자신이 바로 이 시대를 암흑으로부터 낙원으로 이끌 구세주인 것입니다!

우리를 구원해 줄 이를 기다리게 해 온 것은 우리 안에 잠재된 힘을 잠재워 노예화하고, 소수 신의 대변인으로 자처한 이들이 그들의 권위를 강조하고, 부와 권력을 누리기 위한 無知와 속임수에 그 뿌리가 있습니다!

과거의 어느 선각자도 종교를 만든 일이 없었고, 많은 종교는 그 후대의 사람들이 진실을 깨닫고 가르쳤던 이들의 권능을 오해하거나 왜곡하여, 그들을 신격화(神格化)시키고 인간을 비천한 죄인이나 피조물로서 추락시켰던 무지와 거짓에서 시작된 것입니다.

지금은 우리의 어버이 신으로부터… 우리의 고향인 천상으로부터 우리들의 형제며, 가족인 천사들과 이 지구를 우리와 같은 한 인간으로 걸었던 교사요 선각자들이었던 존재들로부터… 그리고 지구 외부의 고도의 물질문명 세계의 지적인 생명체인 우리의 형제들로부터 우리를 위해 전해지는 많은 귀중한 메시지(정보)들이 폭우처럼 쏟아지고 있는 시대입니다.

(그것이 가능한 것은 우리의 본질은 영원히 죽지 않는 靈—神이기 때문이며, 인간으로의 삶은 신의 아들, 딸이 체험을 위해 갈아입었던 옷과 같은 것이기 때문입니다.)

우리는 그러한 모든 메시지—정보를 이미 수십 년 전부터, 수백, 수천의 책을 통하여 받았으며, 하루도 빠짐없이 일부의 전달자(채널러)를 통해 인터넷을 통해 받고 있습니다.

지금 우리에게 필요한 것은 지금까지 진리라고 믿어 왔던 모든 고정관념과 편견을 내려놓고, 제로(0) 상태에서 새 출발하는 것뿐입니다.

이 우주는 무한한 시, 공의 세계입니다. 우주에는 지구와 같은 별이 지구에 있는 모든 모래알의 수보다도 많다는 것이 현대의 천문학자들이 모두 인정하고 있는 사실이며, 우리 인류는 이제 겨우 달 위를 걸어 보았을 뿐입니다!

이미 태양은 높이 솟아 있고, 아직 밝아진 새 세상을 보지 못하는 이들은 스스로 눈을 감고 잠자고 있는 다수 무감각한 대중들과, 이들이 계속 잠들어 있기를 바라면서 작은 손바닥으로 밝은 태양을 가리기 위해 최후의 헛된 노력을 계속하고 있는 소수의 탐욕에 빠진 기회주의자들뿐임을 직시해야 할 것입니다!

지금은 정직함과 진실만이 가장 튼튼한 반석이 될 수 있는 시대이며,

모래 위에 세워진 거대한 성들은 끊임없이 휘몰아치는 태풍과 지진으로 하룻밤 사이에 사라지는 시대로 이미 들어섰습니다!

영겁의 깊은 잠에서 먼저 깨어나고 있는 神人들에 의해 두려움과 환

상의 무대는 이미 막을 내리기 시작했고,

청군(惡)과 백군(善)으로 나누어 시작했던 이원성(二元性)의 드라마는 마지막 장의 끝 부분을 연출하고 있습니다.

모든 영혼이 스스로 깨어나 자신이 누구인지를 기억하기를 바라며…

모든 지구 위를 걸었던 교사들과, 이 시기에 먼저 깊은 잠에서 눈을 뜨기 시작한 수백만의 많은 형제, 자매들이 여러분을 기다리고 있습니다.

스스로 깨우친 진실만이 우리를 자유롭게 할 수 있으며,

그것은 여러분 자신이 스스로 선택하고 걸어야 할 길입니다!

5) 교육자와 역사학자들에게

교육자는 성직자와 함께 미래를 책임지고 갈 인류 사회의 지도자를 교육하는 자리에 계신 분들이기에 매우 중요한 역할을 가지고 있습니다.

사람은 태어난 후의 몇 년 동안에 평생을 좌우할 인성(人性)의 바탕이 마련된다고 하고, 유아기에 입력되기 시작하는 자료는 컴퓨터에 바탕 프로그램을 설치하는 것에 비견될 수 있을 것 같습니다. 특히 어린

시기에 있어서 교사가 가지고 있는 지식과 지혜는, 한 인간의 일생을 좌우할 만큼 중요한 요소로 작용할 것이기에 결국 인류사회의 미래는 초등학교와 중, 고등학교 교사의 능력과 자질에 따라 결정된다고 보아도 될 것입니다.

한편 역사학(歷史學)이란 지나간 과거에 인류가 살아온 과정을 연구하고 분석함으로써, 수천 년간 쌓아 온 인류의 축적된 경험 속에서 유용한 것들을 찾아 활용하고, 이상적인 미래 사회를 창조하는 데 귀한 자료로서 쓰인다는 점에서 역시 대단히 중요한 영역입니다.

인류 역사에 대한 깊은 성찰과 이해는 교육자뿐만 아니라, 모든 인류 개개인에게 삶의 지혜를 얻기 위한 도구로서 필수적인 것이며 과거 인류가 어떠한 과정을 거쳐 지금에 이르렀나 하는 것을 아는 것은, 지금의 내가 어느 곳에 있으며 앞으로 나아갈 방향이 어느 곳인가를 찾고 결정하는 데 반드시 필요한 것입니다.

인류의 미래가 교사의 자질과 직결되고, 교사의 능력과 수준에 따라 미래 사회의 성장 가능성이 좌우된다고 보면 교사의 직책을 맡으신 분들은 국가와 인류 사회의 미래를 책임지고 있다는 것을 기억하고 끊임없이 자신의 지혜와 지식을 계발(啓發)하고, 항상 시대를 앞서가는 선두그룹의 지성인이 되어야 할 것입니다.

특히 요즘 시대에 태어나고 있고, 10세를 전후하여 중요한 성장기에 있는 어린이들은 人類史 전 기간을 통하여 과거에 없었던 특별한 능력과 자질을 가지고 태어나는 존재들로서…

다수가 '인디고'나 '크리스탈' 어린이로 불리는 특수한 부류의 인간으로, 태어나는 그 자체로 이미 상당한 잠재적 가능성(지혜와 앎)을 가지고 있는데, 이를 비유적으로 표현한다면 지금까지 태어난 인류의 평균적 지능 지수가 100 정도라고 가정하면, 이들 새로운 아이들은 150 ~ 200 수준의 우수성을 가지고 있고, 좀 더 구체적으로 이야기한다면 배우지 않고도 이미 많은 것을 알고 있거나, 하나를 가르치면 둘, 셋을 앞서 나갈 수 있는 잠재력을 가지고 있다고 볼 수 있을 것입니다.

아마도 일선 교육 현장에서 이들 새로운 어린이들과 함께 생활하고 있는 교사분들은 이미 이러한 사실을 알고 계시거나, 이해하기 어려운 황당한 일들을 많이 겪어 오셨을 것입니다.

제가 이러한 아이들의 성향에 대하여 들었던 한 가지 사례가 있습니다. 5~6년 전 초등학교 교사로 30여 년 가르쳐 온 매우 가까운 친구에게, "요즘 아이들 가르치기 힘들지 않는가?!" 하고 질문을 한 적이 있었는데… 그 친구의 대답이 지금도 잊히지 않습니다.

'요즘 아이들은 선생님이 무엇을 지적하면, 그에 반응하는 태도가 "당신이나 잘하지!!" 하는 표정이라고' 하더군요. 그러한 학생들의 태도는 이미 선생님의 의도와 생각은 알고 있고, 그 문제의 핵심과 해결책까지도 훤히 내다보고 있는 데서 나올 수 있는 태도가 아닐까 생각됩니다.

교육 현장에 대한 경험이 전혀 없는 제가 선생님들 앞에서 이러한 이야기를 하는 것이, 공자님 앞에서 문자 쓰는 것 같아서 송구합니다마는… 저는 '크리스탈', '인디고' 어린이에 관련한 정보를 다른 통로를 통하여 얻은 바 있고, 개략적인 자료는 접하고 있으나 제 전문 관심 분야가 아니어서… 그들이 특별한 시기에 특별한 목적을 가지고 태어나는 존재라는 것을 말씀드리면서 동시에 인터넷을 통하여 상세하고 많은 정보가 이미 공개되어 있으니, 필히 관심을 가지시고 찾아보실 것을 부탁드립니다.

또한 모든 교육자가 한 발 앞서 나가면, 인류 문화가 두 발 전진할 수 있다는 것을 기억하시고… 항상 새로운 정보에 마음 문을 여시고 선두에 선 개척자로서의 소명을 다 해 주시기를 바랍니다.

역사학을 선택과목으로 분류한 김영삼 정부

한편 역사학과 관련하여 저는 부끄러운 이야기지만, 최근에 역사 과목이 김영삼 정부 시절에 필수과목에서 선택과목으로 하향 조정되었고, 수백 개가 되는 전국의 대학에 歷史學科가 남아 있는 곳이 10여 개 내외라는 이야기를 들었습니다. 歷史를 선택과목으로 분류한 나라는 전 세계적으로 그 사례를 찾기 어렵다 하며, 이는 단일민족으로는 지구에서 가장 오래된 역사를 가지고 있고, 現 인류 문명의 시원(始原)의 역할을 담당했던 우리 민족의 중요성을 덮어 버리는 황당한 결정이라고 생각하고 있으며, 이것은 우리나라와 민족의 혼을 죽이고 우민화 정책을 확대하는 결정이라고 판단됩니다.

우리 민족의 유구한 역사를 알고 기억하는 것은 폐쇄적인 민족주의를 지향하는 것이 결코 아니며, 단지 인류 역사의 전체 흐름을 이해하여 하나의 지구촌을 완성하는 데에 큰 도움이 되는 역사관(歷史觀)을 확립하기 위한 것입니다. 이는 단절과 공백 없이 수백만 년의 인류사, 나아가 태초 창조시기까지 거슬러 올라가야 하는 총체적 앎을 위해서도 필요한 과정이기 때문입니다.

우리나라에서 歷史가 이렇듯 그늘진 곳으로 밀려나게 된 이면에는… 일본 제국주의 지배 36년간 철저하게 왜곡된 우리 민족과 아시아의 역사와, 지금까지 계속된 친일 기회주의자들의 기만(欺瞞)과 매국행위(賣國行爲)와 관련된 진실이 숨겨져 있습니다.

또한 500여 년의 이씨조선(李氏朝鮮 : 1392~1910)에 대한 재평가와 함께, 아시아와 인류 역사의 始原인 한민족의 역사 전체에 관한 명확한 사실 확인은, 이 시대에 우리가 해결해야 할 중대한 과제입니다!

다행히 제도권 역사학자들이 호구지책의 노예로 양심을 잃어버린 현실에 반하여, 재야의 학자와 일반인들이 인터넷을 통해 계속 심도 있는 연구를 확대하고 있는 것은 매우 고무적인 사실이라 보입니다.

진실이 조작된 거짓으로 덮이는 것은 일시적으로 가능할 수 있으나, 결코 영원히 숨겨질 수는 없습니다!

조선이 일본에게 강제로 합병되고, 일본 제국주의 식민지 통치하에서 은밀히 이루어진 역사 왜곡과, 해방 이후 지금까지 이어진 친일 잔존세력의 지배와 활동 내용에 대한 진실과 행적은 철저히 밝히고 확인해야 할 사안으로, 정직하지 못한 지도자가 있는 한! 왜곡되고 거짓으로 덧씌워진 역사를 바로 세우지 않는 한! 진정한 화해와 용서는 불가능하며…

정직함과 진실을 지키기 위해 모든 것을 희생한 영혼을 기억하고, 감사와 위로를 전하지 않고는 우리나라의 정신은 바로 설 수 없으며, 참다운 남북통일과 지구촌의 온전한 통합은 이루어질 수 없습니다!!

진정한 화해와 통합

오로지 정직(正直)과 진실(眞實)함 만이 얽히고설킨 혼란과 갈등을 해소할 수 있으며,

거짓으로 왜곡된 진실을 털어서 버리지 않는 한,

진정한 화해와 통합과 전진은 기대할 수 없는 것입니다!

용서를 통해 우리는 무거운 짐을 내려놓을 수 있습니다!

그러나 용서는 진실을 말하고, 거짓에 대한 반성이 있을 때에 가능한 것입니다!

정직함이 없는 곳에 있는 것은 거짓이며,

거짓과 속임이 있는 곳에 온전한 통합과 화해가 설 자리는 없는 것입니다!

모든 역사의 왜곡된 부분, 거짓된 기록은 바로 세워져야 합니다!

이것은 이 시대 역사가들의 최대의 과제이며,

분단된 민족의 통일과, 나아가 지구촌의 화합과 하나 됨을 위해서도 먼저 선행되어야 할 일입니다!

자신의 이익과 목적을 위하여 진실을 감추고 폭력적인 힘으로 타인을 억압했던 이들이 양심을 찾고, 용서를 구하기 위하여 대화의 테이블에 앉을 때,

그들은 자신의 무거운 짐을 내려놓을 수 있습니다!

그때에 우리 모두는 다시 하나가 될 수 있습니다!!

6.
지구별 졸업여행

정상에 오르는 길은 무수히 많다.

모든 사람은 각자 다른 사회 환경, 직업, 종교, 가정 환경 속에서 태어나고

매 순간 여러 갈림길 중의 하나를 선택하며 삶을 이어 간다.

무한히 많은 눈꽃의 입자가 하나도 같은 것이 없는 것과 마찬가지로

똑같은 삶의 여정을 밟아 가는 사람은 하나도 없다.

모든 사람들의 체험과 선택과 결론은 각자 다를 수밖에 없기에

아무리 뛰어난 지혜를 가진 성현들의 깨달음과 가르침도 참고의 대상이 될 뿐

모든 개개인의 삶은 오로지 자신의 선택에 따라 펼쳐져 나가며

정상에 이르는 길이 수십억 인간의 수만큼 많다고 볼 수 있다.

그러므로 모든 개인은 스스로 독립적인 주체성을 가지고 살아가야

한다.

누군가 나를 대신하여 온전한 앎의 세계를 열어 줄 수 없고

큰 족적을 남긴 위대한 스승들의 체험과 가르침도 각자가 스스로 이해하여 내 것으로 만들고

자신의 집과 성을 스스로 쌓아 나가야만 내 지혜와 앎이 된다.

마찬가지로 지금까지 내가 했던 여러 이야기도 한 개인의 체험과 삶의 여정이었을 뿐

많은 이들에게 답을 줄 수 있는 지름길이 되지는 않을 것이다.

단지 구하여 얻고, 두드려서 열었다는 하나의 예일 뿐

약간의 참고가 되기를 바라는 마음에서 길게 나열했다.

지금은 지구 역사의 한 장을 매듭짓는 특별한 시기다!

그리고 어떠한 의문과 질문에도 답을 찾아볼 수 있는 도구가 우리의 곁에 있다.

의문이 가는 일들에는 그 답을 스스로 찾아보고,

믿는 단계에 머물지 않고, 앎의 단계를 끊임없이 구하며 전진한다면 모두가 뜻을 이루리라…

'지구별 졸업여행'에서 모든 분들이 좋은 성적으로 졸업하기를 바랍니다!!!

2025년 3월 11일

책의 표지를 구상하기 위하여 책방을 찾았다.

간 차에 손에 잡아 들었던 책 2권.

한강님의 '소년이 온다'

박진여님의 '나는 보았습니다'

소년이 온다를 보면서 가슴에 눈물이 났다.

5.18. 의 비극은 잘 알고 있었으나

깊게 알고 있지는 못했다.

이웃을 아끼고 사랑하는 이들은 주로 피해를 받는 편에 속한다.

고통을 주는 이들은 사랑보다는 두려움의 지배 속에서 산다.

두려움이 심하면 균형을 잃고 약간 이상해진다.

쌓여 온 경험과 지혜가 많은 이들은

이웃을 내 몸과 같이 사랑한다.

존재하는 모든 것이 나와 다르지 않은 한 몸으로 느낀다.

그런 가슴을 가지고 살아 온 이들에 의해

지구는 빛을 잃지 않았고,

드디어 지구는 지상 낙원의 문을 열고 있다.

애통하는 이들은 복이 많다
천국이 저들의 집이다.

여러분은 귀한 하늘의 아들딸임을 먼저 알고
앞장설 수 있는 선두에 선 영혼들이다.

맞고 들어 온 이는 발 뻗고 잠을 잘 수 있다.
그것은 깊이 잠재한 영혼의 양심이 살아 있기 때문이다.

지나간 고통은 큰 자산이 된다.
전쟁과 고통 속에서 지구는 성숙했고

추락한 이들에 대한 연민과 용서는
승리한 자들만이 누릴 수 있는 평화.

우리가 창조계의 주역이며 주체임을 알아
지금 시작되는 우주적 축제에
귀한 참가자가 되기를 기원합니다.

7.
콜롬비아 보고타에서 [2018. 4. 1.]

이 글은 자동차 세계일주를 하던 중 콜롬비아에서 저의 혈연 가족에게 보내기 위해 쓴 글입니다.

참고가 될 듯하여 가져왔습니다.

나의 가족들에게 보내는 글

여행 중 마침 2일간의 여유 시간이 생겼고, 최근 가족들과의 의사소통 과정에서 적지 않은 소통상의 문제가 있다는 것을 확인하고, 지금 나의 생각과 삶에 대하여 이번 생에 나와 인연을 맺은 가족들에게 심도 있게 설명해야 할 필요를 느끼어 이 글을 작성합니다.

1) 사람은 현재 길어야 100년 내외를 살아가는 존재입니다. 따라서 무한한 시간 안에 한순간 존재하는 자신의 가치와 의미가 무엇인가에 대하여 의문을 가지고 그 답을 찾으려는 것은 생존의 단계를 넘어서는

인간들 대부분이 도착하는 지점이 될 것입니다.

2) 제 경우는 15-16세 정도의 시기부터 그에 대한 심각한 의문을 가지기 시작하였고, 20세를 전후한 시기에는 단시간 안에 그 해답을 찾는다는 것이 성급하다는 결론을 내리고, 평생 배워 가면서 찾자는 선택을 하였고, 그 과정의 일환으로 역사학과를 선택하였습니다.

그 후의 30여 년 남들과 같은 인간의 삶, 대학 생활 결혼 직업 등을 가지고 살아가면서도 그러한 일상생활은 생존을 위한 형식적인 표면의 삶이었지, 내면적으로는 내가 누구인가? 찰나의 삶과 영원하고 무한한 시공간 속의 나는 무엇인가?에 대한 의문이 내 삶의 본질이었습니다.

그러나 구하면 얻고, 두드리면 열린다는 원리는 결국 그 답을 내게 가져왔고, 짙은 새벽안개가 걷히며 밝은 세상을 보여 주듯이 모든 것이 선명해지는 시기가 찾아왔습니다.

인류 역사상 족적을 크게 남겼던 부처나 예수 마호멧 등은 그러한 존재의 본질을 깨달아 알고 그러한 진실을 알리기 위해 노력했던 선각자, 큰 스승들이었습니다!

그러나 그러한 진실된 큰 스승들의 가르침은 아직 의식이 낮은 차원에 머물고 있었던 인류에게 충분히 이해될 수 없었고, 오히려 권력과

부를 탐하는 사리사욕에 빠진 성직자들에게 악용되는 결과를 많이 만들어 왔습니다.

2000여 년의 지난 역사를 돌이켜 보면 종교 간의 충돌이 가장 큰 전쟁의 원인이었고, 지금까지도 자신의 이익을 구하고 지키기 위해 다른 사람과 나라를 죽이는 전쟁이 일상생활 속에 작용하고 있는 것은… 네 이웃을 네 몸같이 사랑하라는 예수의 가르침 하나도 실천하지 못하는 무지와 어리석음의 결과라 아니할 수 없습니다.

3) 내가 스스로 이해하고 깨닫고 있는 인간의 본질/삶의 원리 몇 가지는 아래와 같습니다.

(1) 예수와 부처와 마호멧 등의 선각자와 우리 모든 인간은 한 치의 차별성도 없는 동등한 존재이다!

이는 예수가 남긴 요한복음 내의 구절 "여러분이 내가 한 일을 할 수 있고, 그보다 더 큰 일도 할 수 있습니다!!"라는 부대조건 없이 선언된 확언을 통해서도 알 수 있는 것으로… 이것은 예수의 경지 근처에라도 가까이 갈 수 있을 때 이해가 가능한 것이다!

"믿으면 구원을 얻는다!"는 신학적 논리는 씨를 뿌린 후에야 수확을 기대할 수 있다는 우주적 원리에 반하는 무지의 결과며, 성직자들이 그들의 권력을 키우기 위한 말장난에 불과한 것이다! 스스로의 노력을 통해 쟁취한 깨달음과 자유가 아닌 것은 한순간에 사라질 신기루에 불과할 뿐이다!

(2) 우리 인간의 본질은 영혼에 있는 것으로 영혼은 창조주로부터 태어난 것이기에 죽음을 초월하여 영원히 살아가는 생명이다!

인간의 죽음은 단지 낡은 몸을 새 몸으로 바꾸기 위해 잠시 고향인 천상으로 돌아가고, 다시 새로운 환경에서 새로운 체험을 통해 큰 지혜를 쌓기 위해 다시 돌아오기 위한 귀향일 뿐이다! 이는 예수도 강조하는 삶과 죽음의 원리이며… 무한히 넓고 광대무변한 물질계 우주에서 한 번의 삶을 통해 큰 지혜를 얻을 수 없기 때문에 설정된 원칙이며 진실인 것이다!

(3) 나 자신을 알고 우주와 영원한 생명의 실상을 아는 것이 천국에 이르는 최종 관문이다!

대부분의 사람은 생존하기 위해 평생을 분투한다. 몸을 가진 생물학적 존재로 태어났기에 본능적으로 살기 위해 필요한 조건을 충족해야 하고, 동물의 세계가 약육강식의 원리로 작용하기에 무의식적으로 모든 인간은 치열한 생존 경쟁을 통해 물질적 풍요를 취해야만 살아갈 수 있다는 두려움에 의해 서로 무제한한 경쟁을 생존의 조건으로 알고 살아왔다.

그러나 우리의 삶이 단 한 번 일회성으로 끝나는 것이 아니라, 영원히 죽지 않는 영혼이 우리의 본질이며 우리는 이미 수백, 수천 번 이상의 삶을 통해 많은 경험과 지혜를 쌓아 왔다는 사실을 이해할 때, 생존을 위한 삶으로 일생을 소모한다는 것이 얼마나 허망한 것인가를 알 수 있고, 죽음에 대한 두려움을 초월하여 삶을 새로운 여행을 하는 마음으로 여유롭게 살아갈 수 있다!

(4) 지금은 정체 상태의 우주적 난제를 극복할 수 있는 새로운 에너지의 창조를 목적으로 지구에 들어온 많은 선두 그룹의 영혼들이, 그 목표를 달성하고 새로운 차원으로 물질 우주를 도약시키는 결실을 이루어 낸 우주사적 기념비가 세워지는 시기이다.

그 상황과 결과는 많은 천상의 형제들에 의해 확인되고 있으며, 현실세계의 최근 변화의 추이를 볼 수 있는 자들에게는 공감되는 사실이다.

'하나님도 경험해 보지 않은 일은 알 수 없다!'라는 것이 내 느낌이며, 우리들 모두가 개인 컴퓨터처럼 상상하여 창조하고, 경험을 쌓아 나가고 우리들의 모든 체험이 주 컴퓨터로 집적되어, 우리가 준비가 되었을 때는 주 컴퓨터에 있는 모든 자료를 공유할 수 있을 것이라는 것이, 하나님과 우리들 자녀의 관계의 형식이 아니겠는가? 하는 것이 나의 추정이다.

(5) 하나님의 사랑은 조건 없는 무한 사랑이다,

분노하고 심판하는 하나님으로 묘사되고 알고 있는 것은 사람의 시각으로 하나님을 판단하는 오류에 기인한다. 분노는 사람이 자신의 기준과 기대에 반하는 일을 보았을 때 발생하는 감정인데, 모든 일을 원하는 대로 한순간에 이룰 수 있는 전지전능한 존재라면 어떠한 두려움과 불만도 가질 필요가 없는 것이다. 무슨 일이라도 자신이 원하는 대로 즉시 바꿀 수 있는 존재에게 무슨 불만과 불평이 있을 수 있겠는가?

하나님은 온전한 사랑으로 모든 생명을 지속하게 하는 영원한 생명 그 자체일 수밖에 없으며, 판단하고 심판하는 상태에 있다면, 이 우주는 한 순간도 유지될 수 없을 것이다.

판단과 심판은 제한된 상태로 존재하는 인간의 속성일 뿐… 인간의 시각으로 하나님을 판단하는 오류는 결코 범해서는 안 될 일이다.

또한 우리가 궁극적인 자유를 얻으려면, 타인의 모든 잘못에 대하여 조건 없는 용서와 화해가 필요하다. 모든 사람이 자신이 가진 능력대로 행동하고 판단함에 있어서, 그러한 행위가 각 개인의 불완전함과 미개함에 원인이 있는바, 우주의 법리에 따라 각자가 뿌린 대로 거두며 배워 나가는 과정에 있을 뿐, 그것을 개인의 가슴에 담아 두는 것은 스스로 큰 짐을 지고 가는 일일 뿐, 조건 없는 용서와 화해를 통해서만 우리는 온전한 자유와 평화를 얻을 수 있다.

대인 과정에서 자신의 판단과 선택을 명확히 상대방에게 알리는 것은 상대방에게 숙고할 수 있는 기회를 준다는 점에서는 필요한 일이다, 그러나 뒤돌아서서는 모든 것을 잊고, 자신이 선택한 길을 가는 것이 지혜로운 일이 될 것이다.

(6) 0.5%의 인류가 진실에 눈을 뜨게 될 때, 전 인류가 그 결과를 공유한다!

이는 인류의 평균적 의식이 도약하는 임계치로서 일부에게 알려져 있는데(Kryon의 메시지) 나는 이에 공감한다. 이러한 원리는 모든 인류의 의식이 분리된 듯 보일지라도, 실제로는 하나의 나무에 달린 잎과 같아서 나무의 상태가 변할 때 모든 잎이 그 영향을 받는 원리와 같다는 것을 의미한다.

이러한 원리는 '백 마리 원숭이 효과'라는 실험 결과와 같은 효과를 나타내는 것으로…

지구 인류 의식의 전체적인 도약, 상승은 앞서나가는 선두 그룹 0.5%의 인간이 깊은 잠에서 깨어나 진실을 보게 되는 시점에서 나머지 99.5%의 인류가 그 혜택을 누리게 된다는 이야기다. 그리고 지금의 상태는 나의 예상으로는 0.2% 내외의 수치에 와 있지 않겠는가?! 짐작하고 있으나, 이미 변화는 시작되었기에 기하급수적인 상황의 확산이 이루어질 것으로 기대된다.

(7) 열린 마음, 어린아이와 같이 끊임없이 호기심을 가지고 탐구하는 자세로 살아가면 결국 진실을 알 수 있는 지점에 갈 수 있다.

이것이 예수가 "어린아이와 같은 자가 천국에 들어갈 수 있다"고 말한 이유라고 생각한다.

내가 모르는 사실을 접할 때, 내가 알고 있는 진실과 다른 주장을 접할 때, 그것에 대하여 진지하게 숙고하는 자세를 가질 때 우리는 새로운 사실을 배울 수도 있고, 잘못 알았던 사실을 바로 알게 될 수도 있다. 마음 한구석에 항상 빈자리를 넉넉히 가지고 있다면, 그 사람은 계속 지혜가 자라나서 큰 나무로 자라고, 예수의 경지에 가까이 갈 수도 있고, 하나님의 경지를 이해할 수도 있게 되는 것이다.

믿으면 구원을 얻는다는 것은 헛소리다! 자신이 스스로 노력하여 앎의 단계에 도달했을 때에만 온전한 자신의 지혜와 지식이 될 수 있다! 믿는다는 것은 자신이 스스로 노력하여 얻으려는 태도가 아니라, 남이 수확한 결실을 수고 없이 가지겠다는 욕심이 될 뿐, 끊임없이 솟아 나오는 샘물을 스스로 판 것이 아니기에 잠시 목마름을 해소해 줄 수 있을 뿐이다.

참된 진실을 깨닫기 위해서는 처절한 목숨을 걸 정도의 노력과 결단이 필요하다. 부처나 예수도 그러한 과정을 거친 후에야 앎의 단계에 이를 수 있었던 것이다.

쉬지 말고 기도하라! 범사에 감사하라!는 가르침은 끊임없이 노력하고, 항상 긍정적인 태도를 유지하라는 뜻이다. 세상은 무한히 넓고 깊은데… 몇 십 년 동안 듣고 본 것으로 잣대를 삼아 경솔히 판단하고 재단하려 하는가?? 우물 안 개구리로 한 생의 학습을 끝내려는가??

(8) 삶의 목적은 다양한 체험을 통해 지혜를 얻고, 온전한 앎에 도달하기 위한 것이다.

편하고 안락한 삶을 누리기 위해 태어난 것이 아니기에, 마지막 정든 몸을 버리고 귀향하는 순간까지도 끊임없이 노력하는 자세가 필요하다. 따라서 진정한 사랑은 포기하지 않고 더불어 성장하고 한걸음이라도 함께 더 나아가기 위해 진실의 깃발을 내려놓지 않는 것이라 생각한다. 그것이 바람직한 삶의 태도이며, 살아서 천국을 보고 그 안에 들어갈 수 있는 가능성을 포기하지 않는 자세라고 본다.

그러한 마음가짐으로 포기하지 않는 자세를 가질 수 있다면, 이번 생에서 온전한 앎에 이르지 못한다 하더라도 다음 생에서 성취할 수 있는 가능성은 높아질 것이다.

그것이 진정한 탐구자의 자세며 그러한 자만이 최후의 목표에 도달할 수 있다.

그러나 그 기회는 끝남이 없이 주어진다. 백 번, 천 번, 그 이상이라도 반복되는 생 속에서 쌓여지는 체험과 지혜의 성숙함에 따라 모든 이는 결국 온전한 앎의 세계에 도달하게 될 것이다. 끝까지 기다리는 마음 그것이 하나님 마음이다!

(9) 세계일주 자동차 여행을 하는 이유와 목적

자동차로 세계일주를 시작하게 된 것은 무언가 알 수 없는 내면의 충동에 따른 것으로, 책과 학습을 통해 배운 지구에 대한 지식을 직접 눈과 귀로 확인하여 견문을 넓히는 것이 주목적이었다.

한편 출발에 즈음하여 평소 소통하고 있던 두 단체에서 지구 평화를 위하고, 대조선 학회의 역사 탐방이란 주제를 가지고 하는 여행이 더욱 뜻있지 않겠냐?는 제안이 들어왔고, 그것에 크게 공감되는 바 있어서 두 개의 플랜카드를 가지고 여행을 시작하게 되었다.

그러나 여행을 하는 과정에서 이번 여행이 가지는 또 다른 의미와 목적이 느껴지고 이해하게 되었는데, 그것은

① 수천 년 이상의 지구 인류 역사적 투쟁 과정에서 비참하게 죽임을 당하거나 고통을 당했던 많은 원혼들을 영적인 차원에서 위로하고 모두가 함께 겪었던 온갖 행, 불행이 체험을 위한 학습 과정이었으며, 이제는 그런 모든 드라마를 끝내고 서로 용서하고 화해하므로 아팠던 모든 기억을 청산해야 할 때라는 것을 이해한 소수의 영적 선두 그룹의 뜻을 알리고 전하는 과정이라고 느끼고 생각한

것이며.

② 인류 절대적 대다수가 가지고 있는 선하고 착한 마음 상태를 확인하며, 동시에 극심한 빈, 부의 차이 속에서 어렵게 살아가고 있는 다수의 인류가 함께 풍요를 누릴 수 있는 세상을 만들어 가야 한다는 것을 체험적으로 느끼고 확인하는 과정이었다는 것!

③ 나 개인적으로는 그동안 책과 인터넷 정보 등을 통하여 알고 있었던 지식의 많은 부분을 직접 눈으로 보고 확인하는 과정에서, 그것을 체험적인 단계로 확인하는 여행이 되었고, 한편으로는 모르고 있었던 많은 중요한 현실들을 보고 배우는 유익한 기회가 되었다는 것이다.

④ 지금도 세계 여러 지역에서 계속되는 전쟁과 갈등을 끝낼 수 있는 시기에 지구가 들어섰다는 것을 느낄 수 있는 국제 정세의 변화가 여행 중에 진행되고 있음을 보면서, 그 중심주체가 오래전부터 홍익인간 이화세계를 지향했고, 비참한 피식민지 나라의 고통과 동족상잔의 전쟁을 직접 겪어 보았던 통일된 남북의 우리 민족이 될 수 있고, 되어야 한다는 것을 절실히 느끼고 확인했다!

끝으로 강조하고 싶은 것은 최근의 100여 년간 진행되었던 1, 2차 세계 대전과 그 이후의 세계가 극소수의 은행을 제도적으로 장악한 금융, 군산 세력 등의 세계 지배 야욕에 따라 진행된 주요 언론의 독점, 자유민주주의를 표방한 다수 정치권 장악, 중요한 역사적 사실의 날조와 많은 거짓과 허위 사실의 날조 과정을 통하여 대다수 인류의 눈과 귀를 진실로부터 가림으로 정상적인 판단력을 상실하게 한 시기였다는 점을 이해하여…

대다수 일상생활에 전념하여 온 선량한 일반 시민들께서는 현재 가지고 있는 상식과 가치관에 맹목적으로 집착하지 아니하고, 항상 반대되는 여러 주장과 사실들에 대하여 원점에서부터 의문을 가지고 스스로 숙고하고 확인하는 노력을 기울이시기 바란다.

2018. 4. 1. 콜롬비아 보고타에서 최정일

인간보다 위대한 존재는 없다!

초판 1쇄 발행 2025년 5월 5일

지은이 최정일
펴낸이 이기봉
편집 좋은땅 편집팀
펴낸곳 도서출판 좋은땅
주소 서울특별시 마포구 양화로12길 26 지월드빌딩 (서교동 395-7)
전화 02)374-8616~7
팩스 02)374-8614
이메일 gworldbook@naver.com
홈페이지 www.g-world.co.kr

ISBN 979-11-388-4268-6 (03810)